藍小說 ⑨⓪⑤

村上春樹作品集

遇見100%的女孩

村上春樹著　賴明珠譯

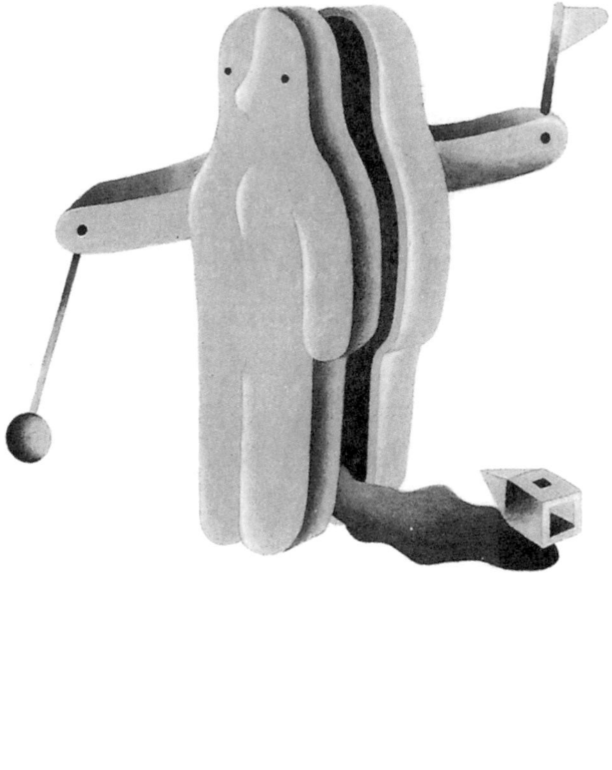

遇見100%的女孩

譯序

賴明珠

村上春樹的作品《失落的彈珠玩具》（註：新版恢復原書名《1973年的彈珠玩具》）和《遇見100%的女孩》於一九八六年首度譯成中文在時報出版之後，並沒有引起太多人的注意。直到有一天我收到出版社轉來一封很短的信，寫道「您譯村上春樹的兩本小說《失落的彈珠玩具》和《遇見100%的女孩》實在是太棒了。只是等了一年多，仍未見到村上的其他作品譯本問市。請問您有任何翻譯他的作品的新計劃嗎？我和我的朋友們都在期盼著。」

當時我很高興總算有人能夠欣賞村上春樹的作品了，同時也很好奇，村上春樹到底什麼地方吸引他。於是我寫信問他對村上春樹作品的觀感。（他的名字叫彭文淳，當時還在軍中服兵役，現在從事廣告影片導演）。

他回信中說：

……老實講，要『隨便談一談』村上春樹，就足夠讓我想好幾天。因爲他是個無法形容的，混蛋。

我聽著許多 Burt Bachrach 作的曲子看〈喜歡巴德巴卡拉克嗎?〉;

找出 Stan Getz 和 Woody Hermann 的老唱片念《失落的彈珠玩具》（我仍然專情於打叫 Pin Ball 的彈珠電動玩具）;

我將〈下午最後一片草坪〉讀了差不多二十遍，想知道中年女人的女兒到哪裡去了。

……我在書上劃了很多記號，多得足夠讓我回大學提出一篇報告……

……村上春樹是長久以來，把我們有同樣性格、同樣嗜好的一羣人的感覺，完完全全地描寫了出來的第一位東方作家。

首度感受到他的震撼，是在朋友告訴我〈一九六三／一九八二年的伊帕內瑪姑娘〉這篇文章。原來這是我最喜歡的一首歌（我蒐集了十幾種演唱／奏版本），沒想到竟然有人將它寫成了文章，打那時候起我就愛上了村上春樹的文字。順便告訴妳，這位他筆下有『形而上學的腳底』的伊帕內瑪女郎，今天仍活躍在巴西。她的名字叫 Heloisa（Helo）Eneida Pinheiro，現年42歲，已婚，有四個小孩。目前她的身分包括演員，電視訪談節目主持人，模特兒經紀公司的負責人。……

告訴你一個關於我朋友的故事。

我介紹他認識了村上。他，像我一樣，愛上了村上的風格。他將《遇見100％的女孩》送給一個女孩當作生日禮物。沒多久，女孩同樣買了一本《遇見100％的女孩》當做回應。她在封面內頁題著：我知道你少不了這本書，或者，不介意擁有第二本。

有趣的是，有些讀者看了他的書之後開始想學日文，或後悔當初沒有把日文學好，因爲等翻譯太慢了，他們迫不及待地想讀村上春樹的每一本原文書。

在舊版《遇見100％的女孩》中，我們刪除了四篇短篇，增加一篇中篇，現在新版爲尊重原著精神，已恢復和原版本一樣。也就是補充〈五月的海岸線〉、〈蝸牛〉、〈她的家鄉、她的綿羊〉、〈南灣行〉四篇，並刪除〈下午最後一片草坪〉一篇。在此特別附加說明。

〈五月的海岸線〉令人聯想《聽風的歌》、《1973年的彈珠玩具》中主角的故鄉。〈她的家鄉，她的綿羊〉令人聯想《尋羊冒險記》中北海道的牧場。〈蝸牛〉令人聯想《世界末日與冷酷異境》走出電梯後的走廊。而〈南灣行〉則呈現充滿美國式詼諧的另一種風格面貌。各具不同的趣味。

又，本書日文原名爲《看袋鼠的好日子》，因爲擔心讀者誤以爲是小朋友的童話，所以我們改以《遇見100%的女孩》爲中文版書名。特別在這裏註明，以尊重讀者知的權利。

遇見100%的女孩

問題在……她對很多事情都不太容易適應。
不管是自己的身體、自己所追求的東西、
或別人所要求的東西……

——村上春樹

看袋鼠的好日子

柵欄裡面有四匹袋鼠。一匹是雄的，兩匹是雌的，還有一匹是剛生下來的小袋鼠。

袋鼠柵欄前面，只有我和她。本來就不是很熱鬧的動物園，再加上又是星期一早晨，入場的客人數，還遠不如動物數來得多。

我們的目標當然是袋鼠的嬰兒。除此之外實在想不起有什麼值得看的。

我們從一個月前報紙的地方版上，知道了袋鼠嬰兒誕生的消息。並在一個月裡，一直繼續等待一個參觀袋鼠嬰兒的適當早晨的來臨。可是，這種早晨總是不肯來。有一天是下雨，第二天也還是下雨，再過來一天地上還是濕濕的，接下來連著兩天都颳著討厭的風。有一天早晨她的蛀牙痛了，另外一天早晨我又不得不去區公所辦點事。

就這樣過了一個月。

一個月，眞是一轉眼就過去了。我在這一個月裡到底做了什麼，我眞是一點都想不起來。好像覺得做了好多事，又覺得什麼也沒做。要不是月底，收報費的人來了，我連一個月已經過去了都沒注意到。

可是不管怎麼樣，專爲看袋鼠的早晨終於降臨了。我們早上六點醒過來，打開窗簾一看，立刻確定這就是看袋鼠的好日子了。我們洗了臉、吃過東西、餵了貓、洗了衣服，戴上遮太陽的帽子便出門了。

「你說，那袋鼠的嬰兒還活著嗎？」在電車上她問我。

「我想還活著吧；因爲沒看到死掉的消息呀。」

「說不定生病了，住到那裡的醫院去了呢。」

「那也應該會登出來呀。」

「會不會太緊張躲在裡面不出來？」

「妳說嬰兒？」

「誰說的，我說媽媽啦。說不定帶著嬰兒藏在後面黑黑的房間裡呢。」

女孩子實在眞會想，什麼可能性都想得到，我眞服了。

「我總覺得，如果錯過這個機會，就再也不可能看到第二次袋鼠嬰兒了。」

「會這樣嗎？」

「你想想看，你以前有沒有看過袋鼠嬰兒？」

「沒有。」

「你有信心，從今以後還會再看到嗎？」

「不曉得會不會。」

「所以我很擔心哪。」

「不過，」我抗議道：「雖然或許正如妳所說的一樣，可是我也沒看過長頸鹿生產，也沒看過鯨魚游泳，爲什麼偏偏袋鼠的嬰兒，現在會成問題呢？」

「因爲是袋鼠的嬰兒啊。」她說。

我乾脆看報紙。向來跟女孩子辯論就一次也沒贏過。

袋鼠的嬰兒不用說是活著的。他（或許是她）比報紙上所看到的大得多了，很有力氣地在地上跑來跑去，那與其說是嬰兒，不如說是小型袋鼠來得更恰當。這件事實使她有點失望。

「好像已經不是嬰兒了。」

還是像嬰兒啊，我安慰她。

「我們眞該早一點來啊。」

我走到販賣店去，買了兩個巧克力冰淇淋回來時，她還靠在柵欄邊，一直望著袋鼠。

「已經不是嬰兒了啦。」她重複著說。

「眞的嗎？」說著我把冰淇淋遞一個給她。

「因爲如果是嬰兒，就應該在母親的肚袋裡呀。」

我點點頭舔著冰淇淋。

「可是不在肚袋裡嘛。」

我們於是開始找起袋鼠的媽媽。袋鼠爸爸倒是一眼就看出來了，長得最巨大、最安靜的，是袋鼠爸爸。牠一副像才華已經枯竭的作曲家似的臉色，正盯著食物箱裡的綠葉出神。剩下來的兩匹雌的，體型長得一樣，毛色也長得一樣，連臉上表情都一樣，說那一匹是母親都不奇怪。

「不過，有一匹是母親，有一匹不是母親噢。」我說。

「嗯。」

「那麼，不是母親的袋鼠是什麼呢？」

不知道，她說。

袋鼠嬰兒並不理會這些，只顧在地面跑來跑去，並不停地到處無意義地用前腳挖著洞。他／或她看來是個不知道無聊是什麼的生物。不停地在父親周圍團團轉、只吃一點點綠草、挖挖地面、在兩匹雌袋鼠之間耍寶，一會兒躺在地上打滾，一會兒又爬起來開始跑。

「袋鼠爲什麼跑得那麼快？」她問。

「爲了逃避敵人哪。」

「敵人？什麼樣的敵人？」

「人類呀。」我說：「人類用 boomerang 彎刀殺袋鼠，吃牠們的肉。」

「爲什麼小袋鼠要躲在母親的袋子裡？」

「爲了一起逃走啊。因爲小袋鼠跑不了那麼快。」

「你是說被保護著囉？」

「嗯。」我說：「小孩子都是被保護著的。」

「要保護多久的期間呢？」

我應該在動物圖鑑上，把袋鼠的一切都先調查清楚再來才對的。因爲這種事早在預料之中。

「一個月或兩個月吧。」

「那這傢伙才一個月呀。」她指著袋鼠嬰兒說。

「應該留在母親的袋子裡的嘛。」

「嗯。」我說：「大概吧。」

「你不覺得躲在那袋子裡很美妙嗎？」

「對呀。」

「所謂小叮噹的口袋，是不是具有胎內回歸願望？」

「不曉得。」

「一定是啊。」

太陽已經昇得好高了。從附近的游泳池傳來孩子們的歡笑聲，天上飄浮著清晰的夏雲。

「想不想吃點什麼？」我問她。

「熱狗。」她說：「還有可樂。」

賣熱狗的是個年輕的工讀生，五門車式的攤子裡面，放著一部大型的收錄音機。在熱狗還沒烤好之前，史提夫旺達和比利喬唱歌給我們聽。

我回到袋鼠柵欄外時，她說：「你看！」指著一匹雌袋鼠。

「你看！你看！跑進肚袋裡去了。」

眞的！那袋鼠嬰兒已經鑽進母親的袋子裡了。肚袋漲大起來，只有尖尖的小耳朵和尾巴末端往上翹出來。

「會不會太重啊？」

「袋鼠很有力氣的。」

「眞的嗎？」

「所以才能活到今天哪。」

母親在強烈的日光下，並沒有流一滴汗。就像從青山道路的超級市場買完午後的菜，正在咖啡廳裡小坐片刻舒服地喝一杯的那種感覺。

「在被保護著噢。」

「嗯。」

「睡著了嗎？」

「大概吧。」

我們吃了熱狗，喝了可樂，然後離開袋鼠的柵欄。

我們要離開的時候，袋鼠爸爸還在食物箱裡尋找著失落的音符。袋鼠媽媽和袋鼠嬰兒正合爲一體，在時光之流裡休息片刻。神祕的雌袋鼠則像要試試尾巴的狀況似的，在柵欄裡不停地反覆跳躍。

今天可能會是很久以來最熱的一天。

「你要不要喝啤酒？」她說。

「好啊。」我說。

四月某個晴朗的早晨遇見100％的女孩

四月裡一個晴朗的早晨，我在原宿的一條巷子裡，和一位100％的女孩擦肩而過。

並不是怎麼漂亮的女孩，也沒穿什麼別致的衣服，頭髮後面，甚至還殘留著睡覺壓扁的痕跡，年齡很可能已經接近三十了。可是從五十公尺外，我已經非常肯定，她對我來說，正是100％的女孩。從第一眼望見她的影子的瞬間開始，我的心胸立刻不規則地跳動起來，嘴巴像沙漠一樣火辣辣地乾渴。

或許你有你喜歡的女孩類型，例如你說小腿纖細的女孩子好，或還是眼睛大一點的女孩子好，也許非要手指漂亮的女孩才行，或者不知道爲什麼，老是被吃東西慢呑呑的女孩子所吸引，就是這種感覺。我當然也有這一類的偏好。在餐廳一面用餐的時候，就曾經爲鄰座女孩的鼻子輪廓，看傻眼過。

可是誰也無法把100%的女孩具體描述出來。她的鼻子到底長成什麼樣子?我是絕對想不起來。不,甚至到底有沒有鼻子,我都搞不清楚。現在我能記得的,頂多只是:她不怎麼漂亮。如此而已。眞是有點不可思議。

「昨天我在街上遇見一個100%的女孩子。」我跟某一個人這樣說。

「哦?」他回答說:「漂亮嗎?」

「不,不算漂亮。」

「那麼該是你喜歡的類型吧?」

「這個我也不記得了。眼睛長得什麼模樣,或者胸部是大是小,我簡直一點都想不起來喲。」

「眞是奇怪啊。」

「實在奇怪噢。」

「那麼……」他有點沒趣地問說:「你做了什麼嗎?開口招呼她,或者從後面跟蹤她?」

「什麼也沒做。」我說:「只不過擦身而過而已。」

她從東邊往西邊走,我從西邊往東邊走。眞是一個非常舒服的四月的早晨。

我想，就算三十分鐘也好，跟她談談看。想問一問她的身世，也想告訴她我的一些事。而且更重要的，是想解開一九八一年四月裡，某個晴朗的早晨，我們在原宿的巷子裡，擦肩而過爲止的類似命運經緯的東西。那其中必然充滿了像是和平時代的古老機器似的溫暖的祕密。

我們談完這些之後，就到什麼地方去吃午餐，甚至看一場伍迪艾倫的電影，再經過飯店的酒吧，喝個雞尾酒什麼的，如果順利的話，接下來或許會跟她睡一覺。

可能性正敲響我的心門。

我和她之間的距離，已經只剩下十五公尺了。

接下來，我到底該怎麼向她開口招呼才好呢？

「妳好！只要三十分鐘就好，能不能跟我談一談？」

好驢！簡直像在拉保險嘛。

「對不起！這附近有沒有二十四小時營業的洗衣店？」

這也驢！首先我就沒拎一袋要洗的東西呀。

或者乾脆單刀直入地坦白說：「妳好！妳對我來說是100%的女孩喲。」

她或許不會相信這種對白。而且就算她相信也好，很可能她並不想跟我說話。對你來說，雖然我是100%的女孩子，可是對我來說，你並不是100%的男孩子啊。她或許會這樣說。如果事態落入這個地步，那我一定會變得極端混亂，我已經三十二了，年紀大了，結果就是這麼回事。

在花店前面，我和她擦肩而過。一團溫暖而微小的空氣團拂過我的肌膚。柏油路面灑了水，周圍飄溢著玫瑰的芬芳。我竟然對她開不了口。她穿著白毛衣，右手拿著一封還沒貼郵票的白色信封。她不曉得寫信給誰？她眼睛看起來非常睏的樣子，或許她花了整個晚上寫完那封信？而那信封裡面很可能收藏著她一切的祕密吧？

走過幾步再回頭看時，她的影子已經消失在人羣裡了。

♤

當然現在，我非常知道那時候應該怎麼向她開口才好。可是不管怎麼說，總會變成冗長的對白，所以一定不可能說得很好。就像這樣，我所想到的事情總是不實用。

總之那對白從「從前從前」開始，以「妳不覺得很悲哀嗎？」結束。

從前從前，有一個地方，有一位少年和一位少女。少年十八歲，少女十六歲。少年並不怎麼英俊，少女也不怎麼漂亮。是任何地方都有的孤獨而平凡的少年和少女。不過他們都堅決地相信，在這世界上的某個地方，一定有一位100%跟自己相配的少女和少年。

有一天，兩個人在街角偶然遇見了。

「好奇怪呀！我一直都在找妳，也許妳不會相信，不過妳對我來說，正是100%的女孩子呢。」少年對少女說。

少女對少年說：「你對我來說才正是100%的男孩子呢。一切的一切都跟我想像的一模一樣。簡直像在做夢嘛。」

兩個人在公園的長椅上坐下，好像有永遠談不完的話，一直談下去，兩個人再也不孤獨了。追求100%的對象，被100%的對象追求，是一件多麼美妙的事啊！

可是兩個人心裡，卻閃現一點點的疑慮，就那麼一點點——夢想就這麼簡單地實現，是不是一件好事呢？

談話忽然中斷的時候，少年這麼說道：

「讓我們再試一次看看。如果我們兩個眞的是100%的情侶的話，將來一定還會在某個地方再相遇，而且下次見面的時候，如果互相還覺得對方是100%的話，那麼我們馬上就結婚，妳看怎麼樣？」

「好哇。」少女說。

於是兩個人就分手了。

其實說眞的，實在沒有任何需要考驗的地方：因爲他們是名副其實100%的情侶。而且命運的波濤是注定要捉弄有情人的。

有一年冬天，兩個人都得了那年流行的惡性流行性感冒，好幾個星期都一直在生死邊緣掙扎的結果，往日的記憶已經完全喪失，當他們醒過來的時候，他們腦子裡已經像少年時代的D・H・勞倫斯的錢筒一樣空空如也。

不過因爲兩個人都是聰明而有耐心的少年和少女，因此努力再努力的結果，總算又獲得了新的知識和感情。並且順利地重回社會。他們也能好好地搭地下鐵換車，也能到郵局去發限時專送。而且也經歷了75％的戀愛，或85％的戀愛。

就這樣少年長成三十二歲，少女也有三十歲了。時光以驚人的速度流逝而過。

於是在一個四月的晴朗早晨，少年為了喝一杯Morning Service的咖啡，而在原宿一條巷子裡，由西向東走去，少女則為了去買限時信的郵票而在同一條巷子裡由東向西走去，兩個人在巷子正中央擦肩而過，失去的記憶的微弱之光，瞬間在兩人心中一閃。

她對我來說，正是100％的女孩呀！

他對我而言，眞是100％的男孩啊！

可是他們的記憶之光實在太微弱了，他們的聲音也不再像十四年前那麼清澈了，兩個人一語不發地擦肩而過，就這樣消失到人群裡去了。

妳不覺得很悲哀嗎？

♤

我眞應該這樣向她開口表白的啊！

我一面喝著湯，一面開始打起瞌睡。

湯匙從我手上滑落，碰到餐具邊緣，發出叮噹一聲巨響。好幾個人回頭看我，坐在旁邊的她輕輕乾咳一聲。我爲了打圓場，便故意將右手掌張開，並一下朝上一下朝下地假裝在檢查什麼。不管怎麼說，總不希望讓別人知道，自己是一面喝湯一面在打瞌睡。

大約十五秒之間假裝檢查完我的右手，然後悄悄深呼吸一下，再度回去喝玉米湯。頭腦後方感覺有點麻木，好像把一頂尺寸太小的棒球帽朝後戴的感覺。湯盤正上方約三十公分的地方，飄浮著一團卵形的白色氣體，正對我喃喃說道：「沒關係，沒關係，你不用忍耐，好好睡吧。」從剛才開始一直就這樣。

那卵形的白色氣體的輪廓，周期性地一會兒變鮮明，一會兒變模糊。而我越想確定那輪廓的微細變化，我的眼皮就變得越來越重。當然我也搖了幾次頭，把眼睛使勁閉上，或避開，努力想讓那氣體消失，可是怎麼努力它還是不消失。氣體一直在桌上飄浮著。我睏得要命。

我爲了把睡意趕走，一面把湯匙送進嘴裡，一面在腦子裡拼玉米湯的英文。

Corn potage soup

太簡單了，沒什麼效果。

「妳說一個難拼的單字讓我拼好嗎？」我向著她那邊悄悄說。她是中學的英文老師。

「密西西比。」她小聲說，深怕被周圍的人聽見。

Mississippi 我在腦子裡試拼著。四個ｓ、四個ｉ、二個ｐ。好奇妙的單字。

「還有呢？」

「不要講話，快點吃！」她說。

「我好睏哪。」我說。

「我知道啊，可是拜託你不要睡，大家都在看著呢。」她說。

我實在不該來參加結婚典禮的。新娘的朋友這桌，坐一個男的，也實在奇怪，何況其實根本也不是什麼朋友。這種事就應該斷然拒絕的。那麼我現在就可以在家裡的床上呼呼大睡了。

「約克夏・特利爾。」她突然說。我花了頗長一段時間，才搞淸楚原來是要我拼音。

「Y・O・R・K・S・H・I・R・E T・E・R・R・I・E・R」我這次說出聲來，從前我拼音測驗的成績一直是頗得意的。

「就像這樣，再忍耐一個鐘頭吧，一個鐘頭以後就讓你好好睡個夠。」

我把湯喝完，接連著打了三次呵欠。幾十個服務生包圍著，把湯盤收下，然後又端來生菜和麵包。好像跋涉了千山萬水才到達這裡的那種麵包。

不管誰說也不會有人聽的那種致辭，還漫長地拖延著。不外是人生、天氣之類的話題。我又再打起瞌睡來。她用高跟鞋的鞋尖，踢著我的腳踝。

「對不起，我知道這樣不好，可是我這輩子還沒有這麼睏過。」

「爲什麼不睡飽了才來呢？」

「我睡不著啊。想東想西的沒睡好。」

「那你就繼續想東想西吧。『總而言之，不要睡！』因爲這是我朋友的結婚典禮啊。」

「又不是我的朋友。」我說。

她把麵包放回盤子上，什麼也不說地盯著我的臉看。我乾脆吃起烤青蚵。味道像古代生物似的青蚵。一面吃著青蚵，我已經變成一隻飛龍，轉眼之間已飛越了原生林，冷冷地眺望著荒涼的地球表面。

地球表面有一位滿體面的中年鋼琴老師，正在談著有關新娘子小學時代的回憶。她是一個喜歡打破砂鍋問到底那型的孩子，因此雖然比別的孩子進步遲緩，可是到最後卻比誰都彈得深入動人。哦！我想。

「你也許覺得她是一個無聊女子。」她說。「其實她是一個非常特出的人呢。」

「噢。」

她讓手上拿著的湯匙停在半空中，一直盯著我的臉看。「眞的啊。不過也許你不相信。」

「我相信哪。」我說。「如果我能好好睡一覺起來，一定更相信。」

「也許確實有點無聊。不過無聊也不是什麼罪大惡極的事，對嗎？」

我搖搖頭：「沒什麼罪呀。」

「總比像你這樣，斜眼看這世界好得太多，對嗎？」

「我並沒有斜眼看這世界啊。」我抗議。「只是正在睡眠不足的時候，突然被拉來不認識的女孩的結婚典禮上充數而已。就以是妳的朋友爲理由。本來我對結婚典禮就不喜歡，眞是『一・點・都・不・喜歡』的。像這樣一百人聚在一起吃這無聊的青蚵，眞是的！」

她一句話也不說，把湯匙整齊地擺在盤子上，再用膝蓋上的白色餐巾擦擦嘴角。有人開始唱起歌來。閃光燈一連閃了幾下。

「只不過很睏而已。」我忽然冒出一句。就像連旅行箱也沒帶，卻留在一個陌生的城市一樣的感覺。我雙手交抱著，前面送來牛排的盤子，而那上面依然飄浮著一團白色的氣體。「假定這裡有一面白色的床單。」那團白色的氣體這樣對我說。「剛從洗衣店送回來漿得硬挺挺的床單，你懂嗎？你只要鑽進裡面去，也許有點涼，不過一會兒就暖和，而且有太陽的味道噢。」

她的小手碰到我的手背，傳來一股香水的香氣。她纖柔溜直的頭髮拂過我的臉頰，我突然嚇醒。

「再一下子就要結束了，拜託忍耐一點。」她在我耳根這樣說。她胸部的形狀明顯，白色絲質洋裝妥貼合身。

我拿起刀子和叉子，像用T字尺劃線似地，慢慢切著肉。每張桌子都十分熱鬧，每個人都嘰嘰喳喳地互相交談著，叉子碰在盤子上的聲音混進那些聲音裡，簡直就像地下鐵尖峰時段，擁擠的情況一樣。

「說眞的，我每次參加人家的結婚典禮都覺得好睏。」我告白道：「每次、每次都一樣。」

「眞有這回事？」

「不騙妳，『眞的』是這樣。我自己也搞不清楚，不過到現在為止沒有一次結婚典禮我不打瞌睡的。」

她有點傻眼了，喝了一口葡萄酒，拿起幾根炸薯條。

「是不是有什麼自卑感？」

「沒什麼跡象可尋哪。」

「一定有自卑感！」

「這麼一說，我倒想起，我每次都夢見跟一隻熊一起衝破玻璃窗走過去呢。」我開玩笑地試著說：「不過其實是企鵝不好，企鵝老讓我和白熊吃蠶豆，而且是大得不得了的綠色蠶豆……」

「不要講話！」她劈頭一句。我沉默不語。

「不過我一參加結婚典禮就瞌睡是眞的。有一次打翻了一瓶啤酒，還有一次刀子和叉子一連掉在地上三次。」

「眞傷腦筋啊。」她一面把盤子上的肥肉細心撥開，一面這樣說：「你自己其實是不想結婚的，對嗎？」

「妳說所以我就在別人的結婚典禮上打瞌睡？」

「復仇啊。」

「潛在的願望所造成的復仇行爲？」

「對。」

「那麼每次搭地下鐵的電車就打瞌睡的人又怎麼樣？他們難道有當礦工的願望嗎？」

她沒有搭腔。我中途放棄了牛排，從口袋掏出香煙，點上火。

「總之。」她停了一下之後說。

「你希望自己永遠是個小孩。」

我默默吃完黑栗霜淇淋，再喝熱騰騰的艾斯布蕾咖啡。

「還睏嗎？」

「還有一點。」我回答。

「要不要喝我的咖啡。」

「謝謝。」

我喝完第二杯咖啡、抽完第二根香煙，打了第三十六次呵欠。打完呵欠抬起頭時，桌上白色氣體已經消失無蹤了。

每次都是這樣。

氣體消失之後，桌上開始分發一盒盒蛋糕，而我的睏意，也不知道被吹散到什麼地方去了。

自卑感？

「要不要去游泳？」我試著問她？

「現在？」

「太陽還很高啊。」

「好是好，只是沒帶游泳衣怎麼辦？」

「飯店的商店就可以買到。」

我們抱著蛋糕盒子，穿過飯店的走廊走向商店，星期天下午，飯店門廳裡擠滿了參加結婚典禮的客人和家族。

「嗨！妳說『密西西比』這單字眞的有四個s嗎？」

「我怎麼知道！這種事情。」她說。她的頸根飄散著美妙的香水氣味。

計程車上的吸血鬼

倒楣的事往往接二連三跟著來。

當然這是說一般而論。但是如果實際上一連好幾件倒楣事連續發生，那就非比尋常，不能當一般而論了。錯過女孩子的約會，上衣扣子脫落，在電車上遇見不想見的熟人，蛀牙開始痛，又開始下雨，搭計程車偏偏遇上交通事件，搞得道路阻塞。這種時候，如果有人對我說，本來就該禍不單行，我一定會一拳把他打倒吧。

我相信換成你也會這樣做。

所謂一般而論，結果就是這麼回事。

因此要跟別人好好相處，並不簡單。我常常想，如果能像玄關那塊踏腳墊一樣，躺在那裡就能過一輩子，那眞是太棒了。

不過玄關踏腳墊的世界也是有玄關踏腳墊的一般論，大概滿辛苦的吧？唉！管他怎麼樣。

總之我在交通阻塞的道路上，被關在計程車裡動彈不得。秋天的雨打在車頂啪噠啪噠響。計費錶每跳一下，發出的咔嚓，就像霰彈槍發射出來的霰彈一樣，直穿過我的腦漿。

唉呀，完了！

更加上這是我戒煙的第三天，要試想一點快樂的事，都想不起半點。沒辦法，我只好從女孩子脫衣服的順序想起。首先是眼鏡，其次是手錶，叮叮咚咚響的手鐲，然後是……

「先生！」突然司機開口道。我好不容易跋涉到襯衫的第一個扣子的時候。「您認為真的有吸血鬼嗎？」

「ㄒㄧ ㄒㄧㄝˇ ㄍㄨㄟˇ？」我呆呆望著後視鏡裡司機的臉。

司機也望著後視鏡裡的我的臉。

「ㄒㄧ ㄒㄧㄝˇ ㄍㄨㄟˇ，你是說那個會吸血的……？」

「對。您覺得真的存在嗎？」

「你是指吸血鬼式的存在，或隱喻式的吸血鬼，或吸血蝙蝠，或科幻的吸血僵屍，還是真正的吸血鬼？」

「當然是眞的。」司機說完，車子只向前移動了五十公分左右。

「搞不清楚。」我說：「這個我搞不清楚。」

「搞不清楚就傷腦筋了，相不相信總要決定一下啊！」

「不相信。」我說。

「你是說不相信有吸血鬼囉？」

「不相信。」

我從口袋掏出香煙，含一根在嘴上，也不點火，只在嘴唇上打轉。

「幽靈呢？你相信嗎？」

「幽靈好像有的樣子。」

「不能好像什麼的樣子，你能不能回答YES或NO？」

「YES。」沒辦法我只好說：「我相信有。」

「你相信有幽靈存在噢？」

「YES。」

「但是不相信吸血鬼的存在？」

「不相信。」

「那麼幽靈跟吸血鬼的差別到底在那裡？」

「所謂幽靈，也就是對肉體存在的 Antithese（對照）啊。」我信口開河地說。這我最拿手。

「哦！」

「而所謂吸血鬼，卻是以肉體為軸心的價值轉換哪。」

「也就是說，你承認 Antithese，卻不承認價值轉換，對嗎？」

「因為麻煩事一承認，簡直就沒完沒了嘛。」

「先生，您眞高竿。」

「哈哈哈，因為大學念了七年才畢業呀。」

司機一面望著前面大排長龍的車隊，一面在嘴上含一根細長的煙，用打火機點起火。車裡飄來一陣薄荷味道。

「不過，如果眞的有吸血鬼，你怎麼辦？」

「大概很傷腦筋吧!?」

「只是這樣嗎？」

「不行嗎？」

「不行啦。所謂信念，應該是更崇高的事。如果你相信有山，就是有山。如果你相信沒有山，就是沒有山。」

聽起來好像唐納文(Donovan)的老歌似的。

「是這樣嗎？」

「是這樣啊。」

我嘴上還含著那根沒點火的香煙，嘆了一口氣。

「那你相信吸血鬼的存在囉？」

「相信。」

「爲什麼？」

「什麼為什麼？因為相信哪。」

「有證據嗎？」

「信念跟證據毫不相干。」

「說的也是。」

我索性再回去想女孩子襯衫的鈕扣。第一個、第二個、第三個……

「不過證據倒是有噢。」司機說。

「眞的？」

「眞的。」

「怎麼說？」

「因為我就是吸血鬼呀！」

片刻之間我們都安靜下來。車子從剛才到現在才前進不到五公尺。雨還照舊啪嗒啪嗒地下著。

計費錶已經超過一千五百圓。

「對不起，打火機借一下好嗎？」

「沒問題。」

我用司機遞過來的白色畢克打火機點上煙，讓停了三天的尼古丁，再送進肺裡去。

「車子塞得好厲害噢。」司機說道。

「就是嘛，」我說：「不過，剛才你說吸血鬼……」

「嗯。」

「你眞的是吸血鬼嗎？」

「是啊。說謊也沒什麼好處啊。」

「那，我是說，你什麼時候開始當起吸血鬼的？」

「已經有九年了吧。正好從慕尼黑奧運會那年開始。『時光請留步，妳眞美麗。』」

「對，對，就是這年。」

「我再問你一個問題好嗎？」

「請便！請便！」

「你爲什麼要當司機？」

「因爲不想被吸血鬼這概念綁住披著大斗篷、坐著馬車、住在城堡裡，這樣不好。我也照樣繳稅、照樣做印鑑登記喲。什麼狄斯可、打電動玩具，我都來。你覺得奇怪嗎？」

「不，沒什麼奇怪呀。可是，有點搞不清楚。」

「先生，您不相信噢？」

「什麼？」

「我是吸血鬼……你不相信對嗎？」

「當然相信哪。」我趕快說：「相信有山，就有山。」

「嗯，這還差不多。」

「那，你常常要吸血囉？」

「這個嘛，既然是吸血鬼，當然要哇。」

「可是，血也有味道好的跟不好的吧？」

「那當然。像先生您的就不行，香煙抽太多了。」

「我戒了幾天煙呢，到底還是不行啊。」

「假如要吸血的話，說什麼還是女孩子的好。吸起來好舒服。」

「我好像可以瞭解。那麼，女明星又是什麼感覺？味道怎麼樣？」

「岸本加世子，那味道眞好！眞行寺君枝也不錯噢。不敢領教的是桃井薰。差不多就這樣。」

「希望你吸得稱心如意啊。」

「但願如此。」

十五分鐘後我們分道揚鑣。我打開房門，開了燈，從冰箱拿出啤酒來喝。然後打電話給剛才陰錯陽差沒見面的女朋友。聽她一講，原來陰錯陽差也有陰錯陽差的冠冕堂皇的理由。就是這麼回事。

「我跟妳講噢，妳最近最好暫時不要搭練馬區車牌號碼的黑色計程車。」

「爲什麼？」她問。

「因爲有司機是吸血鬼。」

「眞的？」

「眞的。」

「你在替我擔心？」

「那當然。」

「練馬區車牌號碼的黑色計程車嗎？」

「對。」

「謝謝。」

「不客氣。」

「晚安。」

「晚安。」

她的家鄉、她的綿羊

札幌地區開始下起今年第一次的初雪。雨變成雪，雪又再變成雨。對札幌這地方來說雪並不是多麼羅漫蒂克的東西。說起來倒有些像是風評不好的惡親戚一樣。

十月二十三日，星期五。

我離開東京時只穿一件T恤襯衫而已。從羽田機場搭747，用隨身聽聽一卷九十分鐘的錄音帶，在快聽完沒聽完的時候，我已經在雪中了。

「就這麼回事啊。」我的朋友說。「每年都在差不多這樣的季節開始下初雪。然後冬天就來了。」

「非常冷噢？」

「眞正的冬天是非常、非常、非常冷的啊。」

我們是在神戶附近一個小小的安靜城市長大的。我們的家距離只有五十公尺，一直上的是同一家初中和高中。曾經一起旅行過，也曾經兩對一起約會過。曾經喝得爛醉從計程車門滾落下來過。高中畢業後我進了東京的大學，他進了北海道的大學。然後我和生於東京的同班同學結婚，他和生在北海道小樽的同班同學結婚。人生就是這麼回事。就像植物的種子被任性的風隨意吹送一樣，我們也漫無目的地徘徊在偶然的大地之上。

如果他進了東京的大學，我進了北海道的大學的話，那麼當然我們的人生也可能會截然不同吧。也許我會在札幌的旅行社上班，繞著全世界到處飛，他在東京當了作家也不一定。然而在偶然之母的引導下，我寫起了小說，而他在旅行社上班。而且獵戶座今天還光輝閃亮著。

他有一個六歲的兒子，放電車定期車票的皮夾裡總是夾有三張相片。在圓山動物園和羊玩耍的北斗君。穿著七五三幼兒和服的北斗君。坐在遊樂場的火箭裡的北斗君。我把那三張相片各看了三次之後，還給他。然後喝生啤酒，吃冷得像冰一樣的鮭魚。

「對了，P怎麼樣了？」他問。

「混得不錯噢。」我回答。

「上次我在街上碰到他。跟老婆離婚了跟一個年輕女孩子在一起。」

「又怎麼樣了？」

「在廣告公司上班哪，寫一些非常不得了的文案啪。」

「看得出來。」

等等。

我們付過帳，走出外面。外面還繼續下著雪。

「怎麼樣，最近有沒有回神戶？」我問。

「沒有。」他搖搖頭。「實在太遠了，你呢？」

「沒回去。而且也不怎麼會想回去。」

「哦。」

「街上不是改變很多嘛。」

「噢。」

在札幌街上蹓躂了十分鐘左右之後，我們的話題都說光了。於是我回到飯店，他回到3DK三個房間的公寓裡去。

「保重啊。」

「嗯，你也一樣。」

然後轉換機發出咔噹一聲。於是幾天後我們再度開始步上不同的道路。到了明天我們或許又要在各自遠離五百公里的城市裡，各自面對各自的無聊繼續做無止境的奮鬥吧。

飯店的電視上正播出地方電視台的傳播節目。我鞋子沒脫就躺在床罩上。一面就著冰啤酒把送到客房來的燻鮭魚三明治呑進喉嚨深處，一面呆呆看著畫面。

畫面正中央有一位穿著深藍色洋裝的年輕女子，孤伶伶地站著。電視鏡頭靜止地以像極有耐心的肉食動物一般的視線一直捕捉著腰部以上的她。角度既不移動，也不前進後退。那簡直就像從前的新潮流電影一樣的感覺。

「我在R町的町役場廣報課上班。」她說。她的說法有一種輕微的腔調，聲音因爲緊張而抖抖顫顫的。「R町是一個人口七千五百人的小町。也不是多麼有名，所以或許各位並不知道這裡也說不定。」

眞遺憾，我說。

「我們町的主要產業是農業和酪農。最主要的說起來還是稻作，但最近爲了配合轉作減產的政策，稻作正急速往小麥和近郊蔬菜移轉。町的邊緣有町營的牧場，在那裡飼養著大約兩百頭的牛、一百匹的馬、還有一百頭的綿羊。町現在正在進行畜產的擴大，未來的三年裡數目應該會大幅增加。」

她並不美。二十歲左右，戴一副深度金屬框的眼鏡，嘴邊露出好像故障的冰箱一樣僵硬的微笑。但雖然如此她還是很漂亮。新潮流式的電視鏡頭把她最美好的部份，以最美好的形式映照出來。如果我們都能夠在電視鏡頭前面各講十分鐘話的話，世界一定會變得更美好，我覺得。

「明治中期因爲流在這個R町附近的R川裡被發現有砂金，因此曾經造成過一陣淘金熱。但砂金淘完之後，熱潮退了，現在只有幾座小屋的遺跡和翻越山嶺的小路，令人回想當時的情景。」

我咬著燻鮭魚三明治的最後一片，把啤酒一口氣喝乾。

「町啊……嗯……町的人口到數年前爲止還超過一萬人，但最近由於離農所造成的人口減少非常顯著，年輕人的流出都市成爲一個問題。我的同班同學們，有一半以上已經離開這個町了。

不過另一方面，也有些人留在町裡努力奮鬥。」

她簡直就像在探視著映出未來的鏡子一樣地，一直凝視著攝影機的鏡頭正中央繼續說著。她的眼睛透過電視的真空映像管一直注視著我。我從冰箱拿出第二罐啤酒，拉開拉環喝了一口。

她的町。

我可以想像她的町的樣子。列車一天只有停靠八次的車站。有暖爐的候車室，冷冷清清的圓環，字已經消失一半無法讀出來的站前全町地圖，種著萬壽菊的花壇和七度竈的行道樹，對人生疲倦已極的髒白狗，寬得不得了的道路，募集自衛隊的海報，三層樓建築的雜貨百貨店，學生制服和頭痛藥的廣告看板，一家小旅館，農業協同組合和林業中心和畜產振興會的建築物，只有一根大眾澡堂的煙囪孤伶伶地朝向灰色的天空站立著。走到大馬路前端往左轉，過兩條街的地方就是町役場，她坐在廣報課。小小的，無聊的町。一年有將近一半的時間被雪覆蓋著。而她正為了町繼續寫著廣告傳播稿。〈某月某日，爲了消毒綿羊將分配消毒藥劑。需要的人請於某月某日前，塡妥規定的申請表……〉

在札幌飯店的一個小客房裡，我和她的人生忽然相遇。但其中好像缺少了什麼。在飯店的床上，時間簡直就像是借來的西裝一樣，沒辦法合身。鈍重的斧頭刃，繼續砍著我腳下的繩子。只要繩子一斷掉，我就哪裡也回不去了。那令我覺得不安。

不，當然繩子是不會斷的。因爲啤酒喝多了一點，所以才會這樣覺得而已。而且也可能是因爲窗外飛舞著雪花的關係吧。我沿著腳下的繩子移步，走回到現實的黑暗羽翼之下。我的街，還有她的綿羊。

她的綿羊們在得到消毒用的美好藥劑的時分，我已經回到我的街裡爲我的綿羊們準備過冬了吧。收集起乾草、桶裡裝滿燈油，爲防備風雪把窗框修理好。冬天已經來在那裡了。

「這就是我的町。」她繼續說。「雖然是個沒有什麼明顯特色的小町，但總之是我的町。如果有機會的話，請光臨指教。也許我可以爲您提供一點什麼服務。」

然後她的影子從畫面消失。

我從壓在枕頭旁的按鈕把電視關掉，喝著剩下的啤酒。然後試著想想去造訪她的町的事。也許她能爲我做一點什麼也說不定。不過結果，我大概不會去她的町吧。我已經捨棄了太多東西了。

外面繼續下著雪。而一百頭綿羊正在黑暗中安靜閉著眼睛。

海驢的節慶

「海驢」來的時候，是午後一點鐘。

我剛剛吃過簡單的午餐，正在享受飯後一根煙的時候。門鈴叮咚地響起來，我打開門一看，「海驢」就站在門口。並不是有什麼特徵的「海驢」，只不過是非常普通、到處看得見的平凡「海驢」。既沒戴太陽眼鏡，也沒穿什麼布魯克斯兄弟牌的三件式套裝，所謂「海驢」這種動物，看起來就像古時候的中國人一樣。

「您好！」那「海驢」說道：「在您百忙之中，希望沒有太打攪您。」

「嗯、噢，沒什麼忙啊。」我慌忙說道。

「海驢」看起來有某種無防備的地方，使我更加莫須有地慌張起來。每次都是這樣，每次——不管什麼樣的「海驢」都這樣。

「如果您不介意的話，能不能給我十分鐘就好。」

我反射地瞄一下手錶。其實根本沒有必要看手錶。

「不會花太多時間的。」「海驢」好像看穿我的心事似地慎重追加一句。

我莫名其妙糊裡糊塗地就讓「海驢」進到房間裡，並倒了一杯冰麥茶出來。

「啊，不用費心。」「海驢」說：「我一會兒就告辭。」

雖然如此，「海驢」依然十分美味似地一口氣喝了半杯。然後從口袋掏 HI LITE 煙，用打火機點上。「每天都這麼熱啊。」

「是啊。」

「不過早晚倒還算涼快。」

「是啊，到底已經九月了嘛。」

「可是好像啊，高中棒球賽也結束了，職業棒球賽的巨人隊也穩操勝算了，總覺得缺少一點什麼令人興奮的事似的。」

「是啊，說的也是。」

「海驢」一副通情達理的樣子，嗯嗯地點點頭之後，眼睛往屋裡團團轉了一圈。

「對不起，您一直一個人住嗎？」

「不，內人暫時出去旅行了。」

「噢噢，您夫婦倆分別休假啊，這倒非常有意思！」

「海驢」這樣說就十分開心地咯咯笑起來。

總而言之，這全是我的責任。不管再怎麼醉，也不該在新宿酒吧裡，把自己的名片，遞給坐在旁邊的「海驢」。誰都知道這件事。因此沒有一個人——只要稍微有一點頭腦的人——都不會把名片交給一個「海驢」。

不過被誤會就麻煩了，我絕對不是討厭「海驢」這種動物。而且我還覺得「海驢」有些方面是挑剔不得的。當然如果有一天，我妹妹突然說要跟「海驢」結婚的話，或許我會略有意見，不過也不至於會到猛烈反對的程度。只要彼此相愛就好了，結果還不是那麼回事。大約這種程度。

可是把名片給「海驢」又是另當別論。正如您所知的，「海驢」這種動物，是活在廣大的象徵性大海之中的。就像A是B的象徵、B是C的象徵，而C整體上是A和B的象徵一樣。「海驢」社會便成立於這類象徵性金字塔，或混沌之上。而名片正位於它的頂點或中心。

因此「海驢」的皮包裡，老是塞著厚厚的名片夾，那厚度就象徵「海驢」社會中的地位，就跟某一種鳥收集串珠一樣。

「聽說我的朋友前幾天得到您的名片。」「海驢」說。

「嗯、啊，是嗎？」我裝傻道：「我喝得很醉，不太記得。」

「不過他覺得非常榮幸噢。」

我故意敷衍著喝口麥茶。

「嗯，今天突然這樣來打攪您，要說拜託您都不好意思開口，不過這也是名片帶來的一種緣份吧……」

「拜託我？」

「嗯，也不是什麼大不了的事。說起來只不過是希望老師對『海驢』的存在，表示一點象徵性的援助而已。」

「海驢」這種動物，大體上都稱呼對方為「老師」。

「象徵性的援助？」

「對不起，我應該早一點說的。」說著「海驢」在皮包裡摸了半天，拿出一張名片遞給我。

「請指教。」

「海驢節慶活動主任委員。」我把頭銜念出來。

「我想您一定聽過有關海驢節慶的事吧……」

「噢，這個嘛，名字是很久以前就聽過。」

「海驢節慶對海驢來說是極重要的一件事，在某種意義上，可以說是象徵性的一個活動，不，不光是對海驢而言，其實可以說對整個世界也是這樣。」

「哦？」

「也就是說，所謂海驢的存在，在今天已經是極微少的存在了。但是——但是啊。」海驢說到這裡，非常有效果地把話切斷，而將煙灰缸裡冒著煙的 HI LITE 一把揉熄。「但是海驢確實擔負著構成世界的某種精神性要素。」

「等一下，這是怎麼回事……」

「我們的目標是『海驢的文藝復興』。這對海驢是文藝復興。同時對世界來說也不得不是文藝復興。因此我們才想把以前極端保守的海驢節慶做根本上的改革，使它成爲向這個世界發出的訊息，或成爲一種踏腳板。」

「你的意思我懂了。」我說：「那麼具體上……」

「所謂節慶到底還是一個節慶。雖然會很繁華熱鬧，不過那只不過是所謂連續行爲的一個歸結而已。眞正的意義，也就是說要確認我們本質上的海驢性，只有透過這種行爲的連續性。節慶只不過是它的追認行爲而已。」

「追認行爲？」

「壯大的既視現象（dejavu）。」

我莫名其妙地就點了點頭。這是典型的海驢雄辯術。海驢每次都用這種方式說話。總之海驢想說話就一定必須讓他說。他們也沒有什麼惡意，只不過想說話而已。

結果等海驢說完已經兩點半超過一點，我早就累趴趴了。

「是怎麼回事。」說著海驢面不改色地拿起已經不涼的麥茶一口喝乾。

「大概的情形您是不是瞭解了?」

「總之就是要捐款,對嗎?」

「是精神上的援助。」海驢更正道。

我從錢包拿出兩張千圓鈔票放在海驢面前。

「對不起少了一點,不過現在只有這些,因爲早上剛剛交過保險費跟報費。」

「沒關係、沒關係。」海驢在臉前面猛搖手。

「眞的只要意思意思就行了。」

海驢走的時候,留下了「海驢會報」薄薄的機關雜誌,和海驢貼紙。貼紙上印著海驢的畫和「隱喩的海驢」的字樣。我爲了怎麼處置這貼紙而大傷腦筋,正好附近有一輛違規停車的紅色塞利加,就把它貼在車前玻璃的正中央。那貼紙粘性非常強,想撕下來恐怕要大費周章吧。

鏡

嗯，從剛才開始一直聽大家談個人的經驗談之後，發現這類的事情好像可以做個分類。第一類是這邊有一個生的世界，那邊有一個死的世界，而兩者互相交叉。例如幽靈就屬於這類。其次另外一類，是超越三次元式的常識，而有某種現象或能力存在的類型。也就是說像預知或昆蟲的告知之類的。大體可以分爲這兩類。

而從這些綜合起來看，又覺得大家的經驗，好像各別集中於其中的某一方面似的。也就是說，看見幽靈的人，就接二連三的看見幽靈，卻不能感受昆蟲的告知。而常常能夠感覺到昆蟲告知的人則沒看到幽靈。我不知道爲什麼會這樣，不過我想這種事，大概也有適合跟不適合吧。

其次，當然也有人是這兩種都不適合的，例如我就是一個例子。我已經活了三十幾年了，可是一次也沒見過幽靈，而預知夢或昆蟲的告知也沒碰到過。有一次跟兩個朋友一起搭電梯，他們說看見幽靈了，我卻一點都沒感覺。兩個人都說有一個穿灰衣服的女人站在我旁邊，我卻說絕對沒有女人在裡面，只有我們三個人。我沒有說謊，而且那兩個人也不像是會騙我的那種朋友。總之那是一次令人非常不舒服的經驗，雖然這麼說，我沒看過幽靈的事實依然不變。

不過，只有那麼一次，我曾經打心裡覺得恐怖過。那是十多年前的事了，但是我沒有向任何人說過。因為連說出來都覺得恐怖，覺得如果說出來的話，也許同樣的事情會再發生，因此一直不敢說。不過今天晚上大家都輪流把自己恐怖的經驗說出來了，做主人的我最後什麼也不說，就這樣草草收場也不太像話。所以，我決定說了。

不、不，拜託不要拍手。也不是什麼不得了的事。

我剛剛好像已經說過了，既沒有幽靈出現，也沒有什麼超能力，也許並不像我所想的那麼恐怖，或許你們會大失所望呢。不過，不管怎樣，我說就是了。

我高中畢業，是在六〇年代後期，就是發生一連串紛爭的那個時期，說起來也算是個打破體制的時代。我也是被捲進這大浪裡的一個，拒絕上大學，幾年之間一面勞動肉體一面到全日本去流浪，那時候覺得那樣才是正確的生活方式。嗯，說來眞是做過不少事，危險的事也做過幾個噢。唉，可以說是一種年輕時候的任性吧。不過現在想起來卻也是滿快樂的生活啊。如果能再重新活一次的話，也許還會去做一樣的事吧。人生就是這樣。

放浪的第二年秋天，我在中學當了兩個月左右的校警。那是在新潟縣一個小地方的中學。因爲剛好夏天才做完相當吃力的工作，想悠哉悠哉一下，而當夜警確實是滿輕鬆的。白天可以在值夜室睡覺，晚上只要全校巡邏兩圈檢查一下就行了。此外還可以在音樂教室聽聽唱片、在圖書館看看書、在體育館一個人打打籃球。晚上全校只有你一個人也眞不錯。不，一點都不可怕，因爲十八、九歲那時候簡直不知道什麼叫做可怕啊。

我想你們大概沒當過中學的校警吧，所以讓我先把工作順序說明一下。巡邏是在九點和三點各一次，規定上是這樣的。校舍是相當新的鋼筋混凝土的三層樓房，教室大概有十八到二十間。不是怎麼大的學校。加上音樂教室、實驗室、裁縫室、美術室，還有職員室、校長室等。除了校舍以外，另外還有餐廳、游泳池、體育館和禮堂。這些都要全部巡邏。

巡邏檢查的重點差不多有二十個地方。一面走一面一個一個確定，用原子筆在表格上簽上O

K。職員室——OK、實驗室——OK，就這樣。當然躺在値夜室裡簽上OK、OK也可以，不過我倒沒那麼偷懶。因爲反正巡邏也不是什麼麻煩事，而且如果有什麼怪人躲進來的話，睡著了被偷襲的可是我自己呀。

於是，九點跟三點，我帶著大型手電筒和木刀巡視學校一周。左手拿手電筒、右手拿木刀。因爲我高中時代學過劍道，所以功夫還有點自信。那年頭，對方如果是外行的話，就算拿著眞正的日本刀也沒什麼可怕的。當然，要是現在，也許拔腳就逃了。

那是十月裡風很強的夜晚，不冷，而且說起來還有點悶熱。一到傍晚以後，蚊子非常多，我還記得我點了兩支蚊香呢。風咻咻——地發出聲音。正好游泳池的隔門壞了，被風一吹就啪噠啪噠地響得人心煩。本來想去修理的，可是太暗了也沒辦法修。於是就那樣整夜啪噠啪噠地響著。

九點鐘巡邏的時候，什麼也沒發生，二十個檢查點，全部OK。鑰匙都鎖好了，一切都在應該在的位置，沒有一處奇怪的地方。我回到値夜室，把鬧鐘撥到三點，就倒頭大睡。

三點鐘，鬧鐘響的時候，我不知道爲什麼有一種非常奇怪的感覺，雖然沒辦法說明清楚，不過確實覺得很奇怪喲。假如具體一點說的話，就是不想起床。好像要壓制我身體要起來的意志似的感覺。因爲我向來睡性非常好，不應該有這種現象。然而，我還是勉強起來，準備巡邏。那扇隔門依然啪噠啪噠地響著。不過，那聲音聽起來卻好像有什麼地方跟剛才不一樣似的。要說是心理作用嘛，也許是，不過總覺得不對勁。心裡想著，眞討厭！眞不想巡視啊。不過還是決定去。因爲這種事情只要馬虎一次，以後就會繼續馬虎下去的。我拿起手電筒和木刀，走出值夜室。

眞討厭的晚上啊，風越來越強，空氣越來越潮濕，皮膚扎扎的，精神不太能集中。首先從體育館、禮堂和游泳池著手，一一都ＯＫ。門像頭腦瘋狂的人，搖著頭、點著頭似地啪噠啪噠地一開一關，非常不規則。嗯、嗯、不要、嗯、不要、不要、不要……好像這個樣子。或許比喻得有點奇怪，不過當時眞的是這樣覺得的。

校舍裡也沒有什麼特別異常，就跟平常一樣。全校巡邏一遍，在表格上把各個檢查點一一簽上ＯＫ，結果什麼也沒發生。於是我放下一顆心，準備回值夜室。最後一個檢查點是餐廳旁邊的鍋爐室，就在校舍的東端，而值夜室卻在西端。所以我總是穿過一樓長長的走廊回到值夜室去。不用說是一片黑漆漆的，如果月亮出來的話，還稍微有一點光線進來，不然的話簡直什麼也看不見。只好一面用手電筒照著前面一點點地方，一面往前走。那夜正好有颱風快來，當然沒有月亮，即使偶爾雲被吹破，立刻又再暗下來。

那天晚上，我腳步走得比平常快，籃球鞋的塑膠底在走廊的地板上發出嘎吱嘎吱的聲音。綠色塑膠地板的走廊，現在都還記得。

在那走廊的正中央是學校的大門川堂，當我走過那裡的時候，突然「咦！」覺得奇怪。在黑暗中好像看見了什麼似的，腋下開始冒著冷汗。我重新握緊木刀，朝那個方向看去，而且啪一下把手電筒的光投射過去，就在鞋櫃旁邊的牆壁附近。

那裡有我。也就是說——鏡子。並沒有什麼，只不過我的影子映在上面而已。到昨天爲止那裡還沒有鏡子的，可能是新裝的，因此嚇了我一跳。我鬆了一口氣，同時也覺得自己眞笨。怎麼回事嘛！眞無聊！於是就站在鏡子前面把手電筒放下，從口袋掏出一根煙點上，然後一面望著鏡子裡自己的形像一面抽著煙。從窗外照進些許街燈的光線，那光線也照進鏡子裡，背後則傳來游泳池隔板門啪噠啪噠響的聲音。

香煙抽到第三口的時候，忽然發覺一件怪事。也就是鏡子裡的形影並不是我。不，表面上看來完全是我，那一點也錯不了，不過，那絕對不是我，我本能上明白。不，不對，正確地說，那當然是我，不過那是我以外的我。那是我所不該有的形式上的我。

唉！我沒辦法說清楚。

不過那時候，只有一件事我可以理解，那就是對方打從心底憎恨我。簡直就像黑暗的冰山似的憎恨，誰也治癒不了的憎恨，我只能理解這一點。

我呆呆地站定在那裡好一會兒，香煙從我的手指之間滑落到地上，鏡子裡的香煙也掉在地上。我們一個樣子地互相注視著對方。我的身體好像變成鋼絲一樣僵硬不動。

終於那傢伙的手開始動起來，右手指尖慢慢摸著下顎，然後一點一點，像蟲子似的往臉上爬行。一留神，原來我也正在做一樣的事。簡直好像我是鏡子裡的像似的呢。換句話說是那傢伙想要支配我。

我那時候，使出最後的力氣大聲喊道：「喔！」或「噢！」之類的聲音。於是鋼絲稍微鬆了一點。然後我奮力朝著鏡子把木刀擲去，鏡子發出破裂的聲音，我頭也不回地跑著衝進房間，把門鎖緊，蒙在棉被裡。游泳池的板門聲一直繼續響到天亮。

嗯、嗯、不要、嗯、不要、不要、不要……地響。

這種事情的結果，我想各位可能知道，當然鏡子是本來就沒有，而且從頭到尾根本沒有過。川堂的鞋櫃旁，一次也沒掛過鏡子。就是這麼回事。

就這樣——我並沒有遇見什麼幽靈。我所看見的——只不過是我自己而已。只是那天晚上我所嘗到的恐怖感，到現在還一直忘不了。

話說回來，我想各位大概已經發現這屋子裡連一面鏡子也沒有了吧？我花了很長時間，才學會刮鬍子不看鏡子，這是眞的。

1963／1982年的伊帕內瑪姑娘

苗條的身段　曬黑的肌膚
年輕又漂亮的伊帕內瑪姑娘
向前走著
踏著森巴的舞步
冷冷地搖著
柔柔地擺著
想說我喜歡她
想獻上我的心
她卻沒注意我

只顧望著那大海出神

1963年，伊帕內瑪姑娘就這樣望著大海出神。而現在，1982年的伊帕內瑪姑娘，依然同樣地望著大海出神。她自從那時候以來一直沒有變老。她被封閉在印象之中，靜靜地飄浮在時光之海裡。如果她會變老的話，現在應該也將近四十了。當然也有可能不是這樣，不過她應該已經不再苗條、也不再曬得那麼黑吧。她已經有三個孩子，肌膚也多少被陽光曬傷了。也許還勉強算漂亮，卻不比二十年前年輕——了吧。

但是唱片中的她，當然不會老。在史坦蓋次吹的天鵝絨般的次中音薩克斯風裡，她永遠是十八歲，又冷又溫柔的伊帕內瑪姑娘。我把唱片放在唱盤上，唱針一接觸，她的姿態立刻出現了。

「想說我喜歡她

想獻上我的心……」

每次我一聽這首曲子，就會想起高中學校的走廊。暗暗的、有點潮濕的高中的走廊。天花板很高、走在水泥地上會發出咯吱咯吱的回音。北側有幾扇窗，但是因爲緊靠著山，所以走廊永遠是暗的。而且大都靜悄悄的。至少在我的記憶裡，走廊大都是靜悄悄的。

爲什麼每次聽到「伊帕內瑪姑娘」就會想起高中的走廊，我也不淸楚，簡直沒有一點脈絡可尋。到底1963年的伊帕內瑪姑娘，在我意識的深井裡，投下了什麼樣的小石頭呢？

一提起高中的走廊，又使我想起綜合沙拉。生菜、番茄、小黃瓜、青辣椒、蘆筍、切成圓圈的洋葱，還有粉紅色的南島沙拉醬。當然高中走廊盡頭並沒有生菜沙拉的專門店。高中走廊的盡頭有一個門，門外是一個不太起眼的25公尺的游泳池。

爲什麼高中走廊會使我想起綜合沙拉呢？這也一樣無脈絡可尋。

綜合沙拉 Combination Salad 讓我想起從前認識的一個女孩子。

不過這聯想倒是十分有道理，因爲她每次都只吃生菜沙拉。

「你的、咯啦咯啦、英語報告、咯啦咯啦、寫完沒？」

「咯啦咯啦、還沒有、咯啦咯啦、還剩下、咯啦咯啦咯啦、一點點。」

因爲我滿喜歡吃青菜的，因此只要跟她見面，就那樣老是吃著青菜。她是一個所謂信念型的人，她堅信只要均衡地攝取青菜，其他一切都會順利。人類如果繼續吃青菜，世界就永遠和平美麗、健康而充滿愛心。就好像《草莓宣言》（*The Strawberry Statement*）似的。

「從前、從前，」一個哲學家這樣寫道：「有一個時代，物質和記憶被形而上學的深淵所隔開。」

1963／1982年的伊帕內瑪姑娘無聲地繼續走在形而上學的熱沙灘上。非常長的沙灘，而白色的浪花和緩地翻著，幾乎沒有風，水平線上什麼也看不見。有海浪的氣味，太陽很熱。

我躺在海灘太陽傘下，從冰筒拿出罐頭啤酒，拉開蓋子。不知道已經喝了幾罐？5罐？6罐？唉呀！算了。反正馬上就會化成汗流出來的。

她還繼續走著，她被曬黑的修長的身上，緊緊貼著原色的比基尼。

「嗨！」我開口招呼。

「你好。」她說。

「要不要喝一點啤酒？」我試著邀她。

「好哇。」她說。

於是我們躺在沙灘太陽傘下一起喝啤酒。

「嗯——」我說：「1963年我確實看過妳喲。在同一個地方、同一個時間喏。」

「那不是很久以前了嗎？」

「對呀。」

她一口氣喝掉半罐啤酒，然後望著罐頭開口的洞。

「不過或許眞的見過。你說1963年對嗎？噢——1963年……嗯，可能見過。」

「妳的年齡不會增加，對嗎？」

「因爲我是形而上學的女孩呀。」

「那時候妳根本就沒注意我，老是一直望著海。」

「很可能噢。」她說，然後笑笑：「嗨，啤酒再來一罐好嗎？」

「好哇。」我說，我把罐頭蓋子拔掉。「從那以後一直在沙灘上走嗎？」

「是啊。」

「腳底不熱嗎？」

「沒問題。因爲我的腳底長得非常形而上學，你要不要看一看？」

「嗯。」

她把苗條的腿伸直，讓我看她的腳底。那確實是美妙的形而上學的腳底。我在那上面用手指輕輕摸一下，既不熱、也不冷。摸到她的腳底時，傳來一陣輕微的海浪聲，連那海浪聲，都非常形而上學。

她和我什麼也沒說，只喝著啤酒。太陽一動也不動，連時間都停止了，簡直像被吸進鏡子裡去了似的。

「我每次想到妳，就想起高中學校的走廊。」我說。「不曉得爲什麼？」

「因爲人的本質是複合性的啊。」她說：「人類科學的對象不在於客體，而在於身體內部的主體。」

「哦！」我說。

「總之好好活吧！活著、活著、活著，如此而已。我只不過是——擁有形而上學腳底的女孩而已。」

然後1963/1982年的伊帕內瑪姑娘，拍拍屁股上粘著的砂，站了起來。「謝謝你的啤酒。」

「不客氣。」

偶爾，我會在地下鐵的車廂裡遇見她。她總是送我一個〈上次謝謝你的啤酒〉式的微笑。自從那次以後，我們沒有再交談過，雖然如此，卻覺得內心某個地方是相連的。至於什麼地方是相連的，我也不清楚。一定在某個遙遠的世界一個奇妙的場所有那麼一個結存在吧？而那個結又在另外某個地方和高中的走廊、或Combination Salad、或菜食主義者的《草莓宣言》的女孩子互相聯繫著吧。這樣一想，很多事情，很多東西都漸漸令人懷念起來。一定在某個地方，我和我自己也有一個互相聯繫的結存在。相信總有一天，我會在遙遠的世界一個奇妙的場所遇見我自己。而且，希望那最好是一個溫暖的場所，如果那裡也有幾罐冰啤酒的話，那就更沒話說了。在那裡我就是我自己，我自己就是我。兩者之間沒有任何種類的間隙。一定在某個地方有這樣一個奇妙的場所。

1963／1982年的伊帕內瑪姑娘，如今依然繼續走在灼熱的沙灘上，直到最後一張唱片磨平爲止，她會永遠不停地繼續走著。

窗

妳好！

天氣一天比一天暖和起來，陽光中已經可以感覺到些許春的氣息了，妳過得還好嗎？

前幾天讀了妳的來信很高興，尤其關於漢堡牛排和肉荳蔻的那一段，充滿了生活感，是一篇相當好的文章，我可以感覺到廚房溫馨的氣息，和切洋蔥時咚咚咚，菜刀生動的聲音。

一面讀著妳的信時，一面就忍不住想吃起漢堡牛排來，於是那天晚上立刻到餐廳點了一客。那家餐廳竟然有八種漢堡牛排之多。什麼德克薩斯風、加利福尼亞風、夏威夷風、日本風之類的。德克薩斯風的非常大，如此而已。夏威夷風的嘛，則附有鳳梨。加利福尼亞風的……忘記了。日本風的，附有蘿蔔末。餐廳裝潢得滿漂亮，女服務生都很可愛，而且穿著非常短的裙子。

不過我並不是去研究餐廳的裝潢，或想看女服務生的內褲才去的。我只是想去吃漢堡牛排，而且不要什麼風的，只要非常單純的漢堡牛排。
於是，我這樣向女服務生說。
對不起，本店只有「什麼什麼」風的漢堡牛排，女服生回答道。
不過也不能責怪女服務生啊。菜單既不是她決定的，每次收餐具的時候，短褲都要露出來的制服，也不是她自己愛穿的。因此，我微笑著點了一客夏威夷風漢堡牛排，她教我說，只要吃的時候把鳳梨撥開就行了。
這世界眞是個奇妙的地方。我所要的只不過是非常理所當然的普通漢堡牛排而已，偏偏有時候只能以除掉鳳梨的夏威夷風漢堡牛排的形式呈現給我。
而妳所做的應該是，非常理所當然的普通漢堡牛排吧？讀過信之後，我眞想吃吃看妳所做的非常理所當然的漢堡牛排。
跟這段比起來，有關國營電車票自動販賣機的那段文章，就覺得略微浮面了些。著眼點相當有趣，可是風景無法傳達給讀的人。希望妳不要覺得這些評語太尖銳。文章本來就是一種可以權宜的東西。

整體說來，這次的信分數是七十分。文章的實力已經日漸提高了。不要著急、不要著急，加油吧。期待妳下一封信。希望眞正的春天很快降臨。

3月12日

P・S・

謝謝妳的「Cookie」禮盒，很好吃，不過根據本會的規章，是除了信件之外，禁止一切私人性的交流，因此以後請不要再這樣費心。

不過，總之非常感謝。

P・S・

上上次妳信上提到和妳先生之間「精神上的爭吵」，但願已經圓滿解決了。

像這種臨時工作，我繼續了一年左右。是在二十二歲的時候。

我跟飯田橋名叫「Pen Society」的一家莫名其妙的小公司簽約，約定以一封二千圓，每個月三十封以上爲條件，拚命寫和這類大同小異的信。

「你也可以寫出打動對方心絃的信。」是這家公司的廣告口號。會員繳了入會金和月費後，每個月要寄四封信到「Pen Society」，而我們這些「Pen Master」則加以眉批修改，並寫一封像前面所述的那類感想和指導的信寄回去。

女性會員由男性，男性會員由女性當「Pen Master」。我所分配到的會員總共有二十四位，年齡層從下到十四歲起上到五十三歲爲止，其中以二十五歲到三十五歲的女性爲主。換句話說，大部分會員都比我年紀大。剛開始的一個月，我覺得非常混亂，因爲大部分會員的文章都比我寫得好得多，比我更習慣於寫信。對我來說，以前幾乎沒寫過什麼像樣的書信，因此我是一面揑著冷汗，一面勉強打發掉第一個月的。

不過一個月過去了，居然沒有一個會員對我的文章能力表示不滿。不但如此，公司的人對我說，我還得到上上的評語呢。而且三個月之後，他們竟覺得，接受我「指導」的會員們，文章能力有進步。實在不可思議，她們好像打從心底信賴我這個教師。

那時候的我還搞不清楚，現在想起來，或許她們都很寂寞吧。她們只要有人可以讓她們寫一點什麼就好了，而且一定也在追求人與人之間的互相諒解吧。

我就這樣從二十一歲的冬天開始，到二十二歲的春天為止，像一隻跛腳海狗似的，在信件的密室裡度日子。

會員們確實寄給我各式各樣的信。有很無聊的信，也有令你會心一笑的信，還有悲傷的信，那一年裡，我好像一下子老了兩、三歲似的。

因為某種原因辭掉這個臨時工作的時候，我所指導的會員都一致覺得遺憾。我在某種意義上——雖然對於不斷寫信的作業，說真的已經有點厭煩了——也很遺憾。因為覺得從此以後再也沒有機會得到這麼多人，如此正直地對待我了。

關於漢堡牛排，我終於能夠吃到她（前面一封信的女人）所做的漢堡牛排了。

她三十二歲沒有小孩，丈夫在商場上第五大有名的商社上班。我在最後的信上寫道，很遺憾我這個月底要辭掉工作時，她就說要請我吃中飯。她寫道：要做「非常理所當然的漢堡牛排」請我。雖然違反協會的規章，不過我還是索性去了。任何事情都壓制不了一個二十二歲年輕人的好奇心。

她的房子在小田急電車的沿線，是一個很適合沒有孩子的夫婦的雅潔房子。不管家具、照明，或她的毛衣，都不是很貴，卻感覺很好。她說我比她想像中年輕太多，而我也覺得她比我所想的年輕得多，兩個人都非常驚訝。「Pen Society」是不透露「Pen Master」的年齡的。

不過彼此各吃一驚之後，初次見面的緊張就放鬆下來了。我們以好像沒趕上同一班列車的乘客似的心情，一起吃漢堡牛排、喝咖啡。從三樓的窗口看得見電車，那天天氣非常好，附近公寓的陽台上，曬滿了棉被和床單。偶爾傳來拍打棉被的啪噠啪噠的聲音，好像從枯乾的井底聽起來似的，一種奇妙得沒有距離感的聲音。

漢堡牛排的味道很棒，香料下得恰到好處，表面脆得爽口，裡面又滿含肉汁。調味醬也調得非常理想。我這樣說了，她顯得很高興。

我們開始喝咖啡之後，就一面聽巴德巴卡拉克的唱片，一面談各人的身世。其實我也沒什麼身世可談，因此幾乎都是她在講。她說：學生時代本來想當作家的，她是沙岡迷，說了好些沙岡的事給我聽。她很喜歡「你喜歡布拉姆斯嗎？」這篇文章。我也不討厭沙岡。至少不覺得像大家說的那麼無聊。

「可是我什麼也不會寫。」她說。

「現在開始也不遲啊。」我說。

「告訴我說，我什麼也不會寫的，可是你喲。」她說著笑一笑。

我臉忽然紅起來。二十二歲那時候，我動不動就臉紅。

「不過妳的文章，有些地方非常坦誠。」

她什麼也沒說，嘴角漾起淺淺的微笑，一公分的幾分之幾的，非常細小的微笑。

「至少我讀了妳的信，很想吃漢堡牛排呀。」

「一定是那時候正好肚子餓吧。」她柔柔地說。

嗯，或許是。

電車發出咔噠咔噠乾乾的聲音，從窗下通過。

♤

時鐘敲完五點時，我說差不多該告辭了。

「妳先生回來以前，必須準備晚餐吧？」

「我先生很晚很晚才回來。」她托著腮說。

「每天不到半夜不會回來。」

「很忙噢。」

「對。」她說完停了一下。

「而且我信上好像提過，我們感情不太好。」

我不曉得怎麼回答她才好。

「不過，沒什麼。」她安靜地說。聽起來好像眞的沒關係似的。

「謝謝你這些時候的信，眞的帶給我很多樂趣。」

「彼此彼此。」我說：「還有要謝謝妳的漢堡牛排。」

♤

十年過去了，每次搭小田急線電車經過她住的附近時，就會想起她和那爽脆的漢堡牛排。雖然忘了是那一扇窗子，不過總覺得她現在，或許還在繼續聽著巴德巴卡拉克的唱片似的。

我那時候也許應該跟她睡覺吧？

這是這篇文章的主題。

我搞不清楚。

很多事情是上了年紀依然搞不清楚的。

5月的海岸線

朋友寄來一封信和結婚喜帖，把我引回古老的地方。

我請了兩天假，預訂了飯店的房間。忽然覺得好像身體的一半都變透明了似的，好不可思議。

晴朗的五月早晨，我把身邊的日用品塞進旅行袋，搭上新幹線。坐在窗邊的位置，翻開書，然後合上，喝乾了罐裝啤酒，稍微睡了一下，然後乾脆眺望窗外的風景。

新幹線的窗戶映出來的風景總是一樣。那是強迫切開的，沒有脈絡可尋而一直線排開的乾巴巴的風景。簡直就像大量興建來銷售的住宅牆上掛的畫框裡的畫一樣，那種風景令人覺得厭煩。

一切都和十二年前一樣。什麼都沒有改變。透過強化玻璃的五月陽光，乾巴巴的火腿三明治的味道，和好像很無聊地看著經濟新聞的鄰座年輕業務員的側面也一樣。報紙的標題正告知著EC可能在幾個月內開始強硬限制日貨進口。

十二年前，我在那個「街」上擁有一個女朋友。大學一放假時，我就把行李塞進旅行袋，搭早晨第一班新幹線。坐在窗邊的座位，讀著書，望著風景，吃吃火腿三明治，喝喝啤酒。每次都在中午以前到達「街」。太陽還沒完全昇上天空正上方，「街」的每個角落還留有早晨的騷動尾聲。我抱著旅行袋走進咖啡店，喝了早餐優待的咖啡，再打電話給她。

那個時刻「街」的姿態，我沒來由地喜歡。晨光、咖啡香、人們睏倦的眼睛，還沒污染損傷的一天……

有海的氣息。輕微的海的氣息。

當然不是眞的有海的氣味。只是忽然有這種感覺而已。

我把領帶重新打好，從架子上拿下旅行袋，走下列車。然後深深吸一口氣，把眞正的海的香氣吸進胸中。反射性地有幾個電話號碼浮上我的腦海。一九六八年的少女們……光是試著把這些數字重新排出來一次，就覺得好像能夠再度見到她們似的。

也許我們可以在以前常去的餐廳隔著小桌子，再一次面對面談話也說不定。桌上鋪著方格布的桌巾，窗邊擺著天竺葵的盆栽。從窗外射進來悠閒的、宗教性的光線。

「嗨，好多年不見了啊。對了，已經有十年了噢。時間眞是一轉眼就過去了。」

不，不對，不是這樣。

「最後一次跟妳見面以來，才過了十年而已呀，但總覺得好像已經過了一百年似的呢。」

不管怎麼說都實在很呆。

「經歷了好多事情噢。」我可能會這樣說。因爲確實經歷過很多事情。

她在五年前結了婚，有了孩子，丈夫在廣告公司上班，抱著三個貸款……也許會談到這些事。

「現在幾點了？」她問。

「三點二十分。」我回答

三點二十分。時間就像古老新聞影片的轉盤一樣發出咔嗟咔嗟的聲音繼續轉著。

我在車站前招了計程車，告訴他飯店的名字。然後點起香煙，讓頭腦重新恢復空白。

結果我誰也不想見，我在飯店前面下了計程車，一面走在早晨空蕩蕩的道路上一面這樣想。

路上飄散著烤奶油的香味、新茶的香味，和灑在柏油路面的水的氣味，剛開門的唱片行門口播放著最新流行的熱門歌曲。這些氣味和聲音，好像和意識的淡影擦身相遇似的逐漸滲透進身體裡。

好像有人在邀約我似的。

喂，在這裡，來呀。是我啊，不記得嗎？有一個最適合你的好地方。一起來吧。我想你一定會喜歡。

也許我不會喜歡那樣的地方吧。我想，首先，你的臉都記不得了啊。

不均勻的空氣。

從前沒發現，街上有一種不均勻的空氣流動著。每走十公尺空氣的濃度就不一樣。重力、光線、溫度都不一樣。光光滑滑的步道上的腳步聲都不一樣。連時間，都像精疲力盡的引擎聲一樣不均勻。

我走進一家男裝店，買了一雙運動鞋和運動衫放進紙袋裡。總之想換一下衣服。先喝一杯熱咖啡、換上新衣服，其他的一切再說吧。

進了飯店的房間，沖一個熱水澡，躺在床上抽了三根 Marlboro 之後，打開玻璃紙袋穿上新的運動衫。拿出勉強塞進旅行袋的牛仔褲，綁上新運動鞋的帶子。

為了讓腳適應新鞋子，在房間地毯上來回走了幾次之後，身體才逐漸開始習慣這個街。三十分鐘以前所感覺到的無處發洩的焦躁，現在也減淡了幾分。

穿著鞋子躺在床上呆呆望著天花板時，又一次聞到海的氣息。比以前更清楚的氣息。越過海面而來的潮風。殘留在岩石縫隙的海岸、潮濕的沙子……這一切混合在一起的「海岸」的氣息。

一小時後當我讓計程車停在海岸時，海消失了。

不，要正確表現的話，應該說是海被推到幾公里外的那邊去了。

只有古老的防波堤遺跡，還像是沿著過去的海岸道路留下的某種紀念品似的。已經沒有任何用處的，老舊的低牆。在另外一側的不是波濤起伏的海岸，而是鋪了水泥的廣大荒野。而且那荒野上幾十棟高層公寓大廈，簡直像巨大的墓碑一般一望無際地排列聳立著。

令人想起初夏的陽光，普照著大地。

「這些蓋好已經三年了。」中年計程車司機告訴我。「從填海整地開始算大約已經七年了。把山砍掉，用履帶把土運來填海喲。然後把山當做別墅住宅用地，海則蓋起公寓大廈。你不知道嗎？」

「已經有十年沒回來。」

司機點點頭。「這裡已經完全改變了，再過去一點可以開到新的海岸邊，要不要去？」

「不，這裡就行了，謝謝。」

他把計費錶壓下，接過我掏出的零錢。

走在海岸道路，臉上稍微滲著汗。在路上走了五分鐘左右，然後登上防波堤，開始走在寬約五十公分的水泥牆上。新運動鞋的膠底發出聲音。在被遺棄的防波堤上，我和幾個小孩擦身而過。

十二點三十分。

安靜得可怕。

唉，已經是二十年前的往事了，一到夏天我每天都在這海裡游泳呢。光穿著一條游泳褲，就從家裡的庭院赤腳走到海岸來喲。被太陽曬過的柏油路燙得不得了，一面跳著一面走噢。有時會下一陣午後陣雨，被燒熱的柏油路面吸進去的雨水發出的氣味，我喜歡得不得了。

回到家，井裡泡涼著西瓜。當然也有冰箱，但沒有比井裡泡涼的西瓜更美味的東西了。到浴室泡個澡把身上的鹽分沖掉之後，坐在穿廊啃西瓜噢。只有一次西瓜從吊繩滑脫，沒辦法撈起來，好幾個月一直浮在井裡。每次汲水時，桶子裡就有西瓜的碎片呢。那確實是王貞治在甲子園球場成爲優勝投手的那個夏天。而且那是個非常深的井，怎麼探頭看都只能看到圓圓的黑暗而已。

長大一點之後（那時候海已經被汚染了，於是我們就到山上的游泳池去游泳），下起午後陣雨時，就帶著狗（我們養過狗，是白色很大的狗噢）到海岸道路去散步。在沙灘上把狗放掉，正在發呆時就會遇見班上的幾個女生。運氣好的時候，還可以和她們聊上一個鐘頭直到四周都變暗爲止。穿著長裙，頭髮散發著洗髮精的香味，開始明顯起來的胸部包在小而硬的胸罩裡面的一九六三年的女孩子們。她們在我身邊坐下來，繼續談著充滿微小的謎的話語。她們喜歡的東西、討厭的東西、班上的事情、街上的事情、世界的事情……安東尼柏金斯、葛雷哥萊畢克、艾維斯普里斯萊的新電影，還有尼爾塞達卡的「Breaking up is hard to do」。

每年海岸上都會有幾次屍體被沖上來。大都是自殺的人。他們從什麼地方跳海誰也不知道。穿著沒有名字的洋裝，口袋裡什麼也沒有（或者被海浪沖掉了）的自殺者。只有在報紙的地方版會登出一則小報導而已。身分不詳、女性、二十歲左右（推測）。肺裡吸滿了海水，露出被水泡得脹起來的肌膚的年輕女子……

好像迷失在時光之流裡的遺失物一般，死緩慢地被海浪運過來，某一天被沖上安靜住宅區的海岸。

其中的一個是我的朋友。很久以前，六歲左右的事情。他被驟然的豪雨洪水吞進河裡死掉了。春天的下午，他的屍體隨著濁流被一口氣沖到海裡，然後三天後才隨著流木一起被沖上海岸來。

死的氣味。

六歲少年的屍體在高熱的爐裡燃燒的氣味。

四月陰沈的天空下火葬場的煙囪高高聳立著，並冒著灰色的煙。

存在的消滅。

腳開始痛起來。

我脫掉運動鞋，脫下襪子，赤腳繼續走在防波堤上。在四周靜悄悄的午後陽光下，附近中學的鈴聲響起。

高層住宅羣在眼前延續不斷。簡直就像巨大的火葬場一樣。沒有人的影子、沒有生活的氣息。

平坦的道路上只有偶爾有汽車通過而已。

我預言。

五月的太陽下，我雙手提著運動鞋，一面走在古老的防波堤上一面預言。「你們終將崩潰消失」。

幾年之後，幾十年之後，幾百年之後，我不知道。不過，你們確實有一天會崩潰消失。移山、填海、埋井，你們在死者的靈魂上建立起來的到底是什麼？不過只是水泥和雜草和火葬場的煙囪而已，不是嗎？

前方看得見河川的流水了，堤防和高層住宅就到此爲止。我走下河灘，把腳泡進清澈的流水中。令人懷念的清涼。即使在海開始汚濁的時代，河川的水還一直是清澈的。從山上經過沙地的河床一直線流下來的水。爲了防止流砂而設有幾段瀑布的這條河，幾乎連魚也住不了。

我沿著淺淺的河流，走向終於看得見海浪的沙灘。海浪的聲音，海潮的氣味，海島，海面停泊著貨船的影子……兩脇被海埔新生地夾住的海岸線在那裡微微喘著氣。光滑的古老堤防的壁上，有用石頭畫的，有用噴漆噴的無數塗鴉。

那些大多是誰的名字。男的名字，女的名字，男的和女的名字，還有日期。

一九七一年八月十四日。（一九七一年的八月十四日我在做什麼呢？）

一九七六年六月二日。（一九七六年是奧林匹克和總統大選年。蒙特婁？福特？）

三月十二日。（沒有年號的三月十二日。喂，我已經過了三十一次三月十二日了啊。）

或者訊息。

「……跟誰都睡覺」（應該把電話號碼也寫下的。）

「ALL YOU NEED IS LOVE!」（天藍色噴漆。）

我在河灘坐下背靠著堤防，幾個小時一直望著靜悄悄被留下的寬度只有五十公尺左右的狹小海岸線。除了平穩得甚至有些奇怪的五月海浪聲之外沒有任何聲音。

太陽越過中空，我一面望著堤防的影子往河面橫切過去一面想睡一覺。然後在逐漸淡化的意識中，忽然想道：醒過來時，我到底會在什麼地方呢？

醒來的時候，我……

沒落的王國

沒落的王國背後，有一條清澈的小河流過。河水非常清澈，裡面住著許多魚，也生有水草之類，魚就吃這個過活。魚兒認爲王國沒不沒落，跟他們沒什麼關係。那倒也是。對魚來說，是王國或共和國，一點關係都沒有。他們既不投票，也不必納稅。

「這檔子事，跟咱們沒關係。」他們這樣想。

我在小河裡洗腳，小河的水好冷，腳伸進去一下子就凍紅了。從小河這邊可以看見沒落王國的城牆和尖塔。尖塔上還立著二色旗，迎著風啪噠啪噠地飄撲，走過河邊的人，都抬頭看那旗子，然後這樣說：

「你瞧！那就是沒落王國的國旗呢。」

姓Q的是我的朋友——或者曾經是。這麼說是因爲姓Q的跟我，這十年來，彼此沒做過任何一件像朋友的事。因此到如今，我想還是用曾經是朋友，這種過去式來說，比較正確。總而言之，我們曾經是朋友。

我每次要向別人說明姓Q的這個人的時候，總會被一種絕望的無力感所侵襲。雖然我本來就不是一個擅長說明事情的人，把這一點也算進去的話，要說明姓Q的這個人，就更加是一件特殊的作業，頂難的差事了。而每次做這個嘗試的時候，我就會被深深的深深的深深的深深的絕望感所侵襲。

簡單地試試看吧。

姓Q的跟我是同年，卻比我長得英俊瀟灑570倍，個性又好，又不會向別人炫耀，也不驕傲。就算有人因爲某種原因失敗了，帶給他麻煩，他也絕不生氣。「沒辦法啊，彼此彼此嘛。」他說。不過一次也沒聽說他帶給別人麻煩過。加上教養又好，父親在四國的某個地方當醫生，因此經常有相當多的零用錢，卻並不因此而奢侈浪費，經常都淸淸爽爽的，服裝的品味也非常高。

此外還是個運動健將。高中時代在網球隊還參加過校際杯比賽。對游泳有興趣。每星期要上游泳池兩次。政治方面屬於溫和的自由主義派。成績也——即使稱不上出類拔萃——也還算優良。幾乎從來不爲考試開夜車，不過卻沒有當過任何一個學分，因爲上課時都很認眞聽課。

鋼琴彈得相當好，有很多比爾艾汶斯和莫札特的唱片。小說方面喜歡巴爾札克或莫泊桑之類的法國作品，大江健三郎的也偶爾讀讀，而且能做非常確實的評論。

當然對女孩子也相當罩得住——沒有理由罩不住。不過也並不「到處留情」。他有一個相當端莊美麗的女朋友，是某個女子大學氣質高雅的二年級學生，每星期天約會。

好了好了。

這就是我所知道的大學時代的姓Q的。雖然好像有什麼地方說漏了似的，不過反正沒什麼重要。總而言之，姓Q的是個沒缺點的人物。

姓Q的那時候住在我隔壁的房間。就在借借鹽巴，借借沙拉醬之中，我們建立起了交情。不久之後就常常互相到彼此的房間，聽聽唱片，一起喝喝啤酒。我跟我的女朋友，和他跟他的女朋友，也曾經四個人一起開車到鎌倉玩過，我們很合得來。大四那年夏天，我搬出公寓，於是我們就分手了。

我再見姓Q的，是那以後的十年左右。我正在赤坂附近的飯店游泳池旁看著書，而姓Q的正在我旁邊的躺椅上坐著。姓Q的旁邊坐著一位非常漂亮，身穿比基尼，玉腿修長的女孩子，她是跟姓Q的一起的。

我立刻就知道他是姓Q的，姓Q的還是依然那麼英俊瀟灑，三十出頭的現在，看來更增添了幾分從前所沒有的某種類似威嚴的東西。年輕女孩子們走過的時候，都忍不住要多瞄他一眼。

他沒注意到我，本來我的臉就算是比較平凡的，何況還帶著太陽眼鏡。我遲疑了一下，結果還是決定不打招呼。因爲姓Q的正跟旁邊的女孩子講得正熱烈，我覺得打攪他們不太好。何況我跟姓Q的之間幾乎沒什麼共通的話題，像我以前借給你鹽過噢！我向你借過沙拉醬噢，這種程度的話題也拖不了多少時間。因此我只顧默默地繼續看書。

因爲游泳池非常安靜，因此姓Q的和那女孩子的談話，難免全傳進我耳朵裡來。聽起來事態相當不簡單，我乾脆放棄看書，專心洗耳恭聽他們兩個人的對話。

「可是我討厭這樣嘛，我不是開玩笑噢。」長腿女孩說。

「不，所以嘛，妳的意思我很瞭解。」姓Q的說：「可是啊，我也希望妳瞭解我說的，不是我願意這樣做，這不是我決定的，是上面的人決定的。我只不過轉達上面決定的事情而已呀，所以請妳不要用這種眼光看我好嗎？」

「哼！誰知道。」女的說。

姓Q的嘆了一口氣。

兩個人說不完的話簡單歸納起來——當然相當多地方是以我的想像補充的——是這樣子的。也就是說姓Q的是在電視公司之類的地方當導演之類的，女方正好是有名的歌星或女演員，而女方有了某方面的糾紛或醜聞——或者只是單純的過氣了而已——節目被取消了。而做爲現場直接負責人的姓Q的就被授命完成轉達的任務。因爲我對演藝圈的事不甚瞭解，因此摸不清楚其中微妙的語意，不過大致的意思，我想八九不離十。

以我所聽到的範圍來說，姓Q的確實是誠懇地盡了他的職責。

「我們沒有客戶支持就做不下去呀。」姓Q的說：「妳也是在這一行混飯吃的，這種事情妳應該很淸楚嘛。」

「那你是說你一點責任和發言權都沒有囉？」

「雖然不是完全沒有，不過也非常有限哪。」

接下來有好一陣子，兩個人依然繼續那沒有出口的對話。女的想知道男的爲了保護自己，做了多少程度的努力。他說：我拚命幫妳說了。可是沒有證據，女的不相信。我也不太相信。姓Q的越是想誠實地說明，不誠實的空氣就越像霧一樣飄溢在四周。可是那也不是姓Q的責任，誰也沒有責任，因此兩個人的談話就找不到出口。

女的好像到現在爲止一直都很喜歡姓Q的似的，一直到這次的事情發生以前，兩個人一定感情不錯吧？所以女的才更生氣吧？不過最後女的終於放棄了。

「我知道了。」女的說：「算了！去買可樂吧。」

姓Q的聽到這句話，好像鬆了一口氣似的，站起來走向商店去，女的戴上太陽眼鏡，一直盯著前面發呆，我則盯著書上的同一行看了好幾遍好幾遍。

姓Q的終於兩手拿著裝滿可樂的大紙杯走回來。然後遞一杯給女的，就在躺椅上坐下來。

「不要想得那麼嚴重嘛。」姓Q的說：「下次一定還有……」

這時候，女的手上拿著的可樂紙杯，往姓Q的臉上狠狠地丟過去。杯子在姓Q的臉上打個正著，L號大杯的可口可樂的⅔，都潑在姓Q的身上，剩下來的⅓則濺到我這邊來。然後女的一句話也沒說，站了起來，先把游泳衣的屁股部分往下拉一點，就頭也不回地，大搖大擺走開了，我和姓Q的都呆了大約十五秒鐘，周圍的人也都嚇了一跳似的盯著我們。

首先清醒過來的是姓Q的，他向我說了一聲對不起，把毛巾遞過來。我說我要去沖個澡回絕了他。姓Q的有點困惑地把毛巾收回去，擦擦自己的身體。

「讓我賠你這本書。」他說。書確實已經濕答答的，不過那只不過是一本便宜的袖珍本，而且也不怎麼好看，有人把可樂潑過來讓我不必看下去，還要感謝他呢。我這樣說完，他才安然微笑起來，跟以前差不多的，令人舒服的一張笑臉。

接下來他馬上準備離開，臨走又再次向我道歉。可是他到底到最後都沒想起我來。

♤

我把這篇文章的題目，定爲「沒落的王國」，是因爲正好從那天的晚報上，看到有關非洲有個沒落王國的消息。那篇報導說「一個強大的王國褪色的時候，比二流共和國崩潰的時候，還要感傷。」

32歲的DAY TRIPPER

我三十二歲，而她十八歲……一想到這裡，就覺得一切都很煩。

我才三十二歲，她已經十八歲……這樣倒還好。

我們是不錯的朋友，不比這多，也不比這少。我已經有太太，而她的男朋友至少也有六個。她在平常WEEKDAY裡跟六個男朋友約會，每個月只有一個星期天跟我約會。其他的星期天她在家裡看電視，在看電視時的她就像海象一樣可愛。

她生於一九六三年，那年甘迺迪總統被槍殺，而我則第一次和女孩子約會。流行的曲子好像是克里夫・理查的「夏日假期」吧？

其實是不是都無所謂。

總之她生在那樣的年份。

跟那種年份出生的女孩子約會，那時候是想都沒想到過。到現在還一直覺得不可思議，就像跑到月球背面去抽煙一樣的感覺。

年輕女孩子很無聊，這是我們這些伙伴們的一致見解。儘管如此，他們還是有人跟年輕女孩子約會。那麼他們是否終於找到不無聊的女孩子了？不，沒這回事。簡單地說，是她們的無聊吸引了他們，他們一面把滿滿一桶無聊之水從自己頭上淋下來，一面讓對方女孩子一滴水也沒沾上，他們極純粹地對這種麻煩的遊戲樂在其中。

至少我是這樣想。

事實上，年輕女孩子裡面，十個有九個是無聊的化身。不過，當然她們並沒有注意到這一點。她們年輕、漂亮、又充滿了好奇心，她們覺得無聊是和自己無緣的存在。

唉呀，總算過去了。

我可不是在責備年輕女孩子，也並不討厭她們，而且我還滿喜歡她們的。她們使我想起，我還是個無聊青年時的事。這怎麼說呢，可以說是一件極爲美妙的一件事。

「你想不想再回到十八歲一次？」她問我。

「不。」我回答：「我可不想回去。」

她好像不太能理解我的答案似的。

「你說不想回去……眞的嗎？」

「那當然。」

「爲什麼？」

「因爲現在這樣子很好啊。」

她把手放在桌上托著下巴沉思起來，一面沉思一面用湯匙在咖啡杯裡咔喻咔喻地繞著。

「我才不相信。」

「妳最好是相信。」

「不過年輕不是比較美妙嗎？」

「大概吧。」

「那你爲什麼說現在這樣比較好？」

「因爲一次已經足夠了。」

「我可還不夠哪。」

「因爲妳才十八歲呀。」

「是嗎？」

我向女服務生點了第二瓶啤酒。外面下著雨，從窗裡看得見橫濱港口。

「那，你十八歲的時候在想什麼？」

「跟女孩子睡覺的事。」

「其他呢？」

「沒有了。」

她咯咯咯地笑著，然後喝一口咖啡。

「那，進行順利嗎？」

「有時候順利，有時候不順利，當然是不順利的時候比較多啊。」

「大概跟幾個女孩子睡過覺？」

「沒去算哪。」

「眞的？」

「不想去算。」

「如果我是男孩子的話，一定會算的，因爲那不是很愉快嗎！」

再過一次十八歲倒也不壞啊，也曾經這樣想過。可是一想到假如能回到十八歲的話，第一件事要做什麼呢？我已經一件也想不起來了。

或許我會想和三十二歲而且具有魅力的女人約會也說不定呢，這倒是不壞。

「妳有沒有想過再度回到十八歲？」我這樣問她。

「這個嘛。」她微微一笑然後裝出略做考慮的樣子。「大概沒有吧。」

「眞的嗎？」

「嗯。」

「我不太懂。」我說：「大家都說年輕是一件美妙的事啊。」

「對呀，是一件美妙的事啊。」

「那妳爲什麼不想再來一次呢？」

「等你年紀大了自然也會懂的。」

不過我終於也三十二歲了，只要一星期懶得跑步，肚子的贅肉就明顯地凸出來。這種狀況之下，已經回不了十八歲了，這是理所當然的事。

早晨跑步完畢，喝一罐果菜汁，再躺在椅子上，放披頭的「DAY TRIPPER」來聽。

「DA——YTRIPPER——」

一聽到那首曲子，就覺得好像坐在火車的座位上似的。電線桿、車站、隧道、鐵橋、牛、馬、煙囪和垃圾，都一一飛快地向後閃過而消失。到那裡，風景都沒什麼太大的變化。雖然從前曾經認爲是相當美妙的景色。

只是坐在旁邊位子上的人經常更換，那時候坐在我旁邊的是十八歲的女孩子。我坐窗子邊，她坐靠走道的一邊。

「要不要我跟妳換位子？」我說。

「謝謝。」她說：「你眞親切。」

並不是親切，我苦笑著。只不過我比妳更習慣於無聊罷了。

電線桿也已經數膩了。

三十二歲的

DAY TRIPPER。

唐古利燒餅的盛衰

閒閒地望著早晨的報紙，無意間發現角落裡登著一則廣告「名菓唐古利燒餅公司徵求新產品，說明大會」。到底什麼叫做唐古利燒餅，實在搞不清楚，不過既然是名菓大概是一種點心吧，我對點心倒是頗挑剔的。而且反正閒著也是閒著，因此就決定到那什麼「說明大會」去露個臉。

「說明大會」在飯店的大廳舉行，還準備了茶點招待，點心當然就是那唐古利燒餅了。我拿了一個嘗嘗，味道並不怎麼樣，甜得有點膩，皮也太厚。我眞不以爲現在的年輕人會喜歡吃這種東西。

但是來參加說明會的，竟然都是跟我差不多，或者更年輕的。我領到一張952號的牌子，不過後來又來了百來個人，因此總共也有一千多人來參加這說明會，眞不得了啊。

坐在旁邊是一個二十歲左右，帶著深度近視眼鏡的女孩子。不算漂亮，不過看起來脾氣還不錯的樣子。

「請問妳以前有沒有吃過唐古利燒餅？」我試著問看看。

「那還用問嗎？」女孩子說：「這很有名吔。」

「可是味道有那麼……」我正要說時，她就踢了我的腳一下。周圍的人也嫌煩地瞄瞄我，氣氛十分尷尬，不過我依然以「熊寶寶」般無邪的眼光回望他們。

「你這個人眞傻。」過一會兒，女孩子悄悄對我耳語道：「到這種地方來居然還說唐古利燒餅的壞話，讓唐古利烏鴉逮到了，你就別想活著回去了。」

「唐古利烏鴉？」我嚇了一跳喊道：「什麼叫唐古利烏鴉……」

「噓——」女孩子說，說明會開始了。

說明會先由「唐古利製菓公司」的董事長講唐古利燒餅的歷史。所謂平安時代有某某人，因爲某種原因，做成了唐古利燒餅的原型，之類眞假不明的故事，還說古今和歌集裡也有關於唐古利燒餅的和歌記載等等。聽起來覺得眞好笑，不過周圍的人都一本正經地認眞聽，而且唐古利烏鴉也怪可怕的，因此我沒敢笑出來。

董事長的話講了整整一小時，非常無聊。他所要講的簡單歸納起來，不外只是「唐古利燒餅是有傳統的糕餅」這一件事，那只要一行字就可以解決的。

然後總經理出來，說明爲什麼要徵求唐古利燒餅新產品。因爲以具有悠久歷史的國民名點自豪的唐古利燒餅來說，必須因應各朝代的變化，加入新血輪，在辯證法上不得不繼續求發展。這種說法聽起來相當冠冕堂皇。其實簡單說就是唐古利燒餅的味道已經落伍，銷售額也已下降，因此需要年輕人的創意。如果這樣的話，坦白說不就得了嗎？

回去的時候領了一份應徵辦法簡章。也就是以唐古利燒餅爲基礎，一個月後做好創新的糕餅帶來，獎金是二百萬圓。有了兩百萬圓，就可以跟女朋友結婚，搬進新的公寓住了，因此我決定試做一下新的唐古利燒餅。

正如剛才說過的，我對點心有一點挑剔。豆沙餡、奶油餡、或燒餅皮兒，要怎麼做就能怎麼做的。一個月裡要做出一種新的，合現代口味的唐古利燒餅還算簡單。我在截止日期做了兩打新唐古利燒餅，帶去唐古利製菓公司報名。

「看起來滿好吃的樣子啊。」服務台的女孩子說。

「是很好吃啊。」我說。

過了一個月之後，唐古利製菓公司打電話來要我第二天到公司去。我打了領帶到唐古利製菓公司，在接待室和總經理面談。

「你應徵的新唐古利燒餅在我們公司內部頗受好評。」總經理說。「其中，噢——尤其以年輕階層的評語最好。」

「那眞謝謝。」我說。

「可是另一方面，嗯——年紀大一點的，也有人說這不能算是唐古利燒餅。哎，掉進所謂甲論乙駁的狀況吧！」

「噢。」我說。完全摸不透他到底想說什麼。

「所以，幹部會議決定，在這時候，只好請教唐古利烏鴉的高見了。」

「唐古利烏鴉！」我說：「唐古利烏鴉到底是什麼呢？」

總經理滿臉疑惑地望著我。

「你不知道唐古利烏鴉，就來應徵這比賽呀？」

「對不起，我太孤陋寡聞了。」

「眞傷腦筋哪。」總經理說著搖搖頭：「連唐古利烏鴉都不知道的話……哎！算了，沒關係，請跟我來吧。」

我跟在他後面走出房間，穿過走廊，搭電梯上六樓，然後又穿過一個走廊，走廊盡頭有一扇大鐵門。按了門鈴之後，走出一個體格魁梧的守衛來，確認對方是總經理之後把門打開，警戒滿森嚴的。

「唐古利烏鴉在這裡面。」總經理說：「所謂唐古利烏鴉是一種特殊的鴉族，自古就只吃唐古利燒餅爲生……」

除此之外不必再多加說明了。屋子裡有上百隻烏鴉，在高達五公尺左右的空曠似倉庫的房子裡，架有幾根橫木棒，唐古利烏鴉就在上面一排排密密麻麻地棲息著，唐古利烏鴉比一般烏鴉大得多。大的身長大約有一公尺，小的也有六十公分左右。仔細一看，他們竟然沒長眼睛。應該有眼睛的地方，只粘著白色的脂肪球而已，然而身體卻浮腫得像要脹破了似的。

唐古利烏鴉一聽見我們進去的聲音，就開始一面啪噠啪噠地撲著翅膀，一面齊聲聒叫起來。

起初聽來覺得只不過是亂烘烘的聲音，耳朵漸漸習慣了以後，才知道他們好像都在叫著「唐古利燒餅、唐古利燒餅」。是一種一看就令人討厭的動物。

總經理從手上捧著的盒子裡，掏出唐古利燒餅撒在地上，於是一百隻唐古利烏鴉竟一起飛撲而上。並且爲了爭奪唐古利燒餅，而互相啄食別的烏鴉的腳爪，甚至眼睛。哎呀！完了。原來就是這樣才都失去了眼睛。

其次總經理從另外一盒裡，拿出類似唐古利燒餅的其他糕餅散落在地上。

「你看，這些是唐古利燒餅競賽中落選的東西。」

烏鴉們和剛才一樣，一擁而上，可是一發現那不是唐古利燒餅之後，卻都把它吐掉，並一起憤怒地高聲叫著：

「唐古利燒餅！」

「唐古利燒餅！」

「唐古利燒餅！」

他們大聲叫著。那叫聲傳到天花板發出回聲，震得耳膜都痛了。

「你看吧！他們只吃眞正的唐古利燒餅呢。」他得意洋洋地說：「冒牌貨他們沾都不沾。」

「唐古利燒餅！」

「唐古利燒餅！」

「唐古利燒餅！」

「那麼，接下來讓我把你做的唐古利燒餅撒下去看看，他們吃就入選，他們不吃就落選。」

有沒有問題呀？我不安起來，忽然有一種非常不祥的預感。讓這些靠不住的傢伙試吃，以決定當選或落選，根本上就錯了。但是總經理並不理會我的疑慮，只管把我應徵的「新唐古利燒餅」痛快地撒滿一地。烏鴉們又一起蜂擁而上。接下來混亂開始了，有的烏鴉滿足地吃著，有的烏鴉把它吐出來，吼著：唐古利燒餅！其次搆不著、沒吃到的烏鴉一興奮，竟然對著吃到的烏鴉的喉核猛力啄下，血花繽紛飛濺。其他的烏鴉才正撲向別的烏鴉吐出來的燒餅，卻又被大叫唐古利燒餅的巨大烏鴉捕捉到，肚子被撕裂了。就這樣展開了一場混亂的戰鬥。血腥招喚著血腥，憎恨招喚著憎恨。雖然只不過是個餅而已，對烏鴉們來說那卻代表了一切。因爲惟有是唐古利燒餅，或非唐古利燒餅，是關係著他們生死存亡的問題。

「你看吧！」我對總經理說：「因爲你一下子撒太多，對他們刺激過度了。」

然後我一個人走出房間，下了電梯，走出唐古利製菓公司的建築物。雖然獎金兩百萬圓泡湯相當可惜，不過往後的漫長人生，叫我跟那些烏鴉打交道，那可免談！

我只做自己愛吃的，給自己吃。管他什麼烏鴉，全都互相啄死算了！

起司蛋糕形的我的貧窮

我們稱呼那塊土地叫做「三角地帶」，除此以外我們實在不知道該怎麼稱呼。因爲那完全就像畫圖畫出來似的三角形的土地。我跟她住在那塊地上是一九七三或七四年的時候。

雖然說是「三角地帶」，不過如果你想像成 delta 正三角形那就傷腦筋了。我們住的「三角地帶」是更細長、像楔子似的形狀。再說明仔細一點的話，首先請先想好一個 full size 的圓形起司蛋糕 cheese cake，然後用刀子切成十二等分。換句話說，照時鐘的文字盤一樣地切下去。結果當然就產生十二片尖端呈三十度的小起司蛋糕。把其中一片裝在盤子上，一面啜著紅茶，一面慢慢地仔細觀察看看。這就是——尖端細長的小起司蛋糕——我們「三角地帶」的正確形狀了。

爲什麼會有這麼不自然的土地出現呢？或許您要這樣問，或許不問也不一定，不管怎麼樣都好。不管怎麼樣我都不知道爲什麼會這樣。問當地的人也都不清楚，只知道那是很久很久以前開始就是三角形了，現在也是三角形，將來很久很久以後也還一定是三角形吧。當地人好像不太想談，也不太願意想那塊「三角地帶」似的。爲什麼「三角地帶」——像長在耳朵後面的疙瘩一樣——被這麼冷落呢？理由不太淸楚，大概因爲形狀太奇怪了吧。

「三角地帶」的兩邊，有兩種鐵路穿過，一邊是國鐵線，一邊是私鐵線。那兩條鐵路原來一併行駛的，以這楔子形的尖端爲分歧點，像被撕裂開來似地，以不自然的角度各奔南北。這倒是相當具有可看性的景觀。望著「三角地帶」尖端，電車來來往往的樣子，感覺就像站在一艘行駛在海上，乘風破浪的驅逐艦的船橋上似的。

可是從住的舒適感和居家性觀點來看的話，「三角地帶」實在是亂七八糟一塌糊塗。首先是噪音騷擾，這不用說，因爲正好被兩條鐵路緊緊夾在中間，沒有理由不吵。打開大門電車就從眼前奔過，打開後窗那又是另一種電車從眼前衝過。所謂「眼前」的表現法絕對不算誇張。事實上電車來去就是近得可以跟乘客四目相對、點頭招呼的程度，現在想起來還是覺得眞過分。

也許您要說，不過等最後一班電車通過以後，就安靜下來了吧。一般大家都這麼想，連我還沒實際搬來以前，也是這麼想。可是這裡根本就沒有所謂的最後一班車。載客列車在凌晨一點左右全部行駛結束之後，接下來深夜貨車又緊接著來了，而黎明時分貨車告一段落之後，第二天的載客運輸又開始了。就這樣周而復始、日復一日地沒完沒了。

唉呀！總算過去了。

我們會特地選擇這樣一個地方住，說來說去還不是爲了租金便宜。獨棟住宅而有三個房間，連帶浴室，外加小小的庭院，租金只要跟一間六疊大的公寓房間一樣就行了。既然是獨棟住宅，要養貓也可以。簡直就像特地爲我們準備的家似的。那時候我們才剛結婚，不是我們自豪，實在是窮得可以登在「金氏紀錄」上也不奇怪的。我們從車站前面不動產屋貼的招租條上發現這房子要出租。從條件、租金、格局看來，簡直像挖到寶了似的驚奇。

「便宜是便宜呀。」禿頂的不動產經紀人說：「可是，相當吵噢，如果能受得了這一點的話，要說挖到寶，撿到便宜倒也可以。」

「總之能不能讓我們看看？」我問。

「可以呀，不過你們自己去看好不好？我一去頭就痛啊。」

他把鑰匙借我們，並畫了一張地圖，眞是輕鬆的房地產經紀人哪。

從車站看起來，「三角地帶」就在附近。可是實際走起來，跋涉到那裡卻花了好長好長的時間。迂迴繞過鐵路軌道，渡過陸橋，在髒兮兮的坡道上上下下，最後才從「三角地帶」後面繞進去。附近完全沒有商店之類的設施。極其落魄偏僻。

我跟她走進孤零零蓋在「三角地帶」尖端的房子，在那裡面迷迷糊糊耗了一個鐘頭。在那之間無數輛電車通過房子兩側。特別快車一通過，玻璃窗就嘩啦嘩啦響。電車正在通過的時候，彼此聽不見對方的講話聲。如果話說到一半電車來了，我們只好閉上嘴巴等電車完全通過。等安靜下來，我們才開始說話，下一班電車又來了。因此我們這種 communication 意見溝通的切斷或分裂，像極了尚魯克高達的電影風格。

不過除了噪音之外，家的氣氛本身卻相當不錯。結構雖然老舊，整體也有若干傷痕，不過客廳既有花台，窗外又有小走廊，感覺頗佳。從窗口照進來春天的陽光，在榻榻米上照出一片四方形，很像很久以前我小時候住的房子。

「決定租下來吧，確實是吵了一點，不過我想習慣就好了。」我說。

「只要你說好就好。」她說。

「在這裡像這樣安靜不動，覺得自己好像眞的結了婚，有了家似的。」

「本來就眞的結婚了嘛!!」

「說的也是。」我說。

我們回到不動產介紹所，說要租下房子。

「不覺得吵嗎？」禿頂的不動產經紀人問道。

「吵是吵哇，習慣了就好。」我說。

不動產經紀人把眼鏡摘下，用紗布擦擦，拿起茶杯喝了一口茶，然後戴上眼鏡看看我的臉。

「哎！你們還年輕嘛。」他說。

「是啊。」我說。

於是我們簽下租賃合約。

搬家時借朋友的萊特班跑一趟就足夠有餘了。棉被、衣服、餐具、枱燈、幾本書和一隻貓，這就是我們全部的財產了。既沒有收音機，也沒有電視機。洗衣機、冰箱、餐桌、瓦斯暖氣爐、電話、電開水壺、吸塵器、烤麵包機，沒一樣有的。我們就是窮到這地步。因此說是搬家，也花不了三十分鐘。錢沒有就是沒有，人生非常簡單。

幫我們搬家的朋友，看到我們這新居，被夾在兩條鐵路之間，好像也嚇了一跳。他搬完東西之後，看看我正想說什麼的時候，剛好一列特別快車開過，什麼也聽不見。

「你說什麼？」

「這種地方眞的能住人嗎？」他好像很佩服似地說道。

結果我們在那裡住了兩年。

房子蓋得糟透了，到處是裂縫，風從四面八方灌進來。因此夏天倒是十分涼決，冬天可就慘如地獄了。既然沒錢買暖氣爐，於是天一黑，我跟她跟貓就鑽進被窩裡，名副其實地擁抱著睡覺。早晨起來一看，廚房水槽結冰是經常有的事。

冬天過去春天來臨了。春天是美妙的季節，春天一來，我跟她跟貓都鬆了一口氣。四月裡照例有幾天是鐵路罷工的時候，一到罷工，我們真是幸福。電車一整天連一輛也不在軌道上跑。我跟她抱著貓走下鐵軌，曬太陽，簡直像坐在湖底一般安靜。我們正年輕，才新婚，而陽光又免費。

到今天我一聽到「貧窮」兩個字，就會想起那三角形細長的土地。現在那房子裡，不知道住著什麼樣的人？

義大利麵之年

一九七一年，那是義大利麵之年。

一九七一年，我爲了生活而繼續煮著義大利麵，爲了煮義大利麵而繼續活下去。只有從鋁鍋熱騰騰冒起來的水蒸氣，是我僅有的榮耀，而麵醬鍋咕嘟咕嘟發出聲音的番茄醬則是我唯一的希望。

我弄到一個連德國牧羊犬洗澡都夠大的巨大鋁鍋，買到一個做西點的定時器，並跑遍以外國顧客爲目標的超級市場，搜集了各種名稱古怪的調味料，在洋書店找到了義大利麵的專門書，以成打爲單位買了大量的番茄。

大蒜、洋葱、沙拉油和五花八門的香味，化做細微的粒子，飛散在空中，渾然化爲一體，被吸進六疊榻榻米大的房間的每個角落。那居然像古羅馬下水道一樣的氣味。

西元一九七一年，義大利麵之年所發生的事。

♤

基本上，我是一個人煮義大利麵，一個人吃義大利麵。由於某種原因，和誰兩個人一起吃也不是沒有過。不過我還是喜歡一個人吃，我覺得義大利麵好像是應該一個人吃的料理。至於理由何在，則不清楚。

義大利麵總是附有紅茶和沙拉。裝在茶壺裡三杯份的紅茶，和只有生菜拌小黃瓜的沙拉。把這些整齊地排在桌上，一面以斜眼睨著報紙，一面花上長長的時間，一個人慢吞吞地吃義大利麵，從星期天到星期六，義大利麵的日子接連不斷，這結束之後，新的星期天起，又開始了新的義大利麵的每一天。

一個人吃起義大利麵來，連現在都還覺得好像聽見敲門的聲音，有人走進房間裡來似的，尤其是下雨天的下午更是這樣。

可能會到我房間裡來的人物，每次都不一樣，有時候是不認識的人，有時候是曾經見過的人，有時候是高中時代只約會過一次，腳非常纖細的女孩，有時候是幾年前的我自己，有時候是帶著珍妮佛瓊絲的威廉荷頓。

威廉荷頓？

不過，他們沒有一個進到房間裡來，他們好像猶豫不決似的，只在房間外面徘徊而已，結果連門也沒敲，就不知道消失到什麼地方去了。

外面下著雨。

春、夏、秋，我繼續煮著義大利麵。那簡直就像對什麼事情的報復似的，就像一個把負心情人的古老情書，一束束滑落爐火中的孤獨女人一樣，我繼續煮著義大利麵。

我把被踐踏的時光之影放在缽裡，搓揉成德國牧羊犬的形狀，放進沸騰的開水裡，撒上鹽巴。並拿起長長的筷子，站在鋁鍋前面，直到廚房的定時鐘「叮鈴」——發出悲痛的聲音爲止，我一步也不離開。

因爲義大利麵狡猾得很，所以我的眼睛不能離開它們一下。它們好像現在就要溜出鋁鍋的邊緣，散失在暗夜裡似的。正如原色蝴蝶在熱帶叢林裡會被吞入萬劫不復的時光裡一般，黑夜也在悄悄地等待著吞沒義大利麵。

波隆納義大利麵（肉醬麵）
巴吉利可（羅勒）義大利麵
茴香義大利麵
牛舌義大利麵
蛤蜊番茄醬義大利麵
火腿蛋奶義大利麵
蒜泥義大利麵

還有冰箱裡的剩菜殘羹，也亂七八糟倒下去，做成連名字也沒有的悲劇性義大利麵們。

義大利麵在蒸氣中被生下來，就像江河的流水一樣，流過一九七一年時光的斜坡，然後匆匆逝去。

我爲它們哀悼。

一九七一年的義大利麵。

♤

三點二十分，電話鈴響的時候，我正躺在榻榻米上盯著天花板出神。冬天的日光，正好只在我躺著的部分，造成一灘陽光的游泳池。我簡直就像死掉的蒼蠅一樣，在一九七一年十二月的陽光裡，呆呆躺了好幾個鐘頭。

起先聽起來，並不覺得是電話鈴，只像是空氣層裡，不客氣地溜進來被遺忘的記憶片段，之類的東西。重複了幾次之後，才好不容易開始帶上電話鈴的體裁，最後變成百分之百的電話鈴聲。震動著百分之百現實空氣的百分之百的電話鈴聲。我仍然以躺著的姿勢，伸手抓起聽筒。

電話的對方是個女孩子，印象非常淡薄，好像午後四點半就要消失無蹤似的女孩。她是我一個朋友過去的女朋友。並不是怎麼熟的朋友，只是見面打招呼的程度而已。看起來好像頗理直氣壯的奇怪理由，使他們在幾年前成爲情侶，而類似的理由卻又在幾個月前把這兩個人拆散了。

「告訴我他在那裡好嗎？」她說。

我望著聽筒，並以眼睛追蹤著電話線，電線連接得好好的。

「爲什麼要問我？」

「因爲沒有人告訴我啊。」她以冷冷的聲音說。「他在那裡？」

「我不知道。」我說。說出來之後，聽起來卻完全不像是自己的聲音。

她默不作聲。

聽筒像冰柱一樣變得冷冰冰的。

接著我周圍的一切也都變成了冰柱。簡直像J・G巴勒德的科幻故事的場面似的。

「眞的不知道。」我說：「他什麼也沒說，就不曉得消失到什麼地方去了。」

她在電話那頭笑著。

「他不是那麼設想周到的男孩子，他是除了會嚕嚕嗦嗦之外，什麼也不會的男人。」

確實正如她所說的，是個不怎麼聰明的男孩子。

不過我還是沒有理由告訴她，他住的地方。如果他知道是我說出來的話，下次大概就輪到他打電話來了。無聊的胡鬧再也不敢領教。因爲我已經在後院挖了深深的洞穴，把一切都埋在裡面，不管多少人都沒辦法再把它挖出來了。

「對不起。」我說。

「你是不是很討厭我？」她突然說。

我不知道該怎麼回答才好。因爲本來就對她沒有什麼印象。

「對不起。」我重複地說：「我現在正在煮義大利麵呢。」

「什麼？」

「我正在煮義大利麵。」

我在鍋子裡放進空想的水，用空想的火柴，點上空想的火。

「所以怎麼樣？」她說。

我將空想的整把義大利麵，輕輕滑進沸騰的開水裡，撒上空想的鹽，將空想的廚房定時器撥到十五分。

「現在我沒有空，被義大利麵纏住了。」

她沉默不語。

「這是非常美妙的料理喲。」

聽筒在我手上，再度開始滑落到冰點以下的斜坡。

「所以，請妳等一下再打來好嗎？」

我急忙補充一句。

「因爲你正在煮著義大利麵噢？」她說。

「嗯，對。」

「你一個人吃嗎？」

「對呀。」

她嘆了一口氣。「不過我眞的很傷腦筋哪。」

「幫不上忙很抱歉。」

「還有一點金錢上的問題。」

「哦？」

「我希望他還我錢。」

「對不起。」

「義大利麵噢？」

「嗯。」

她無力地笑著說：「再見。」

「再見。」我說。

電話掛斷的時候，地上的陽光游泳池已經移動了幾公分。我在那灘光池裡再度躺下來，望著天花板。

♤

想到那把永遠也沒被煮成的義大利麵，實在悲哀。

或許我應該告訴她一切的，現在竟然後悔起來。反正對方也不是什麼不得了的男人，畫些抽象畫，想當畫家，卻只有嘴巴最行的空洞男子。而且或許她眞希望他還她錢也說不定呢。

她不曉得怎麼樣了。

會不會已經被午後四點半的影子呑進去了。

杜蘭姆・塞摩利那。

義大利平原培育出來的金黃色麥子。

如果義大利人知道了一九七一年自己輸出的原來是「孤獨」的話，不知道會多麼驚訝啊？

走下狹窄的水泥樓梯之後，前面就有一條長長的走廊筆直地伸出去。也許因爲天花板太高了，使得走廊看起來像曬乾的排水溝一樣。每隔一些距離懸掛著的日光燈上蓋滿了黑黑厚厚的灰塵。那燈光好像是透過細細的網目照出來的似的不均勻。而且三個裡面就有一個不亮。連要看自己的手掌都覺得很辛苦的樣子。周圍沒有任何聲音。只有運動鞋的膠底踏在水泥地上的平板聲音響在昏暗的走廊。

走了二百公尺或三百公尺，不，也許走了有一公里也不一定。我什麼也沒想地繼續一直走著。那裡既沒有距離也沒有時間。不知不覺之間甚至連正在前進的感覺也消失了。不過，總之大概是在向前進吧。我突然在丁字路的正中央站住了。

丁字路？

我從上衣口袋拿出變得皺巴巴的明信片，試著重新慢慢讀一遍。

「請筆直走過走廊。走到盡頭就有門。」明信片上這樣寫著。我在盡頭一帶的牆上仔細觀望一番，但那裡既沒有門的形狀也沒有門的影子。既沒有過去曾經有過門的痕跡，也沒有即將要裝門的跡象。那眞是一面極乾脆的水泥牆，除了水泥牆本來就該有的特質之外看不見其他任何東西。沒有形而上學的門，沒有象徵的門，也沒有比喩的門，簡直什麼都沒有。

完了完了。

我靠在水泥牆上抽了一根煙。這樣一來，接著該怎麼辦呢？往前進呢？還是就這樣退回去呢？雖然如此，但坦白說我並沒有那麼認眞地猶豫。說老實話，我除了前進之外沒有別的路可走。我對貧窮的生活已經十分厭倦。對分期付款的貸款、對離婚妻子的贍養費，對狹小的公寓、對浴室的蟑螂、對尖峰時段的地下鐵，對這一切的一切都覺得厭煩了。而這是好不容易才找到的好工作。工作輕鬆，薪水好得叫人眼珠都要飛出來。一年有兩次獎金，夏天還有長期休假。總不能因爲少一扇門，或多一個轉彎就輕易放棄呀。

我用鞋底把香煙踩熄，然後把十圓硬幣拋向空中，以手背接住。是正面，於是我往右邊的走廊前進。

走廊兩次往右轉，一次往左轉，下了十段階梯，又再往右轉。空氣像咖啡果凍一樣冰冰涼涼的。我一面想著錢的事，想著空氣調節得很好的舒適辦公室，想著漂亮女孩一面繼續走著。只要到達一扇門，這一切的一切就可以到手了。

終於前方看得見門了。從遠遠看那看來好像是一張用舊了的郵票一樣，但逐漸接近之後開始一點一滴地帶有門的體裁，終於變成一扇門。

門，多麼美好的發音哪。

我乾咳一聲之後輕輕敲門，退後一步等待回音。過了十五秒也沒回答。我再一次，這次稍微用力地敲，又退後一步。沒有回答。

我周圍的空氣逐漸開始僵硬起來。

被不安驅使正要敲第三次門，腳剛往前踏時，門無聲地開了。簡直就像被從什麼地方吹進來的風推開了似地極自然的開法。但當然門不是極自然地開的。聽得見打開電燈開關的啪吱一聲，然後一個男人現身在我眼前。

男人大約二十五歲上下，身高比我矮五公分左右。剛洗的頭髮正滴著水，赤裸的身體用暗紅茶色浴袍包著。腳白得不自然，而且細。鞋子尺寸大約是22號左右吧。長相像鋼筆習字簿一樣平板，但嘴角則露出人很好似的微笑。

「對不起，我正在洗澡。」

「洗澡？」說著我反射地看著手錶。

「這是規定。吃過中飯之後一定要洗澡。」

「原來如此。」我說。

「有什麼事嗎？」

我從上衣口袋拿出剛才那張明信片，交給男人。男人深怕弄濕它只以手指尖夾起明信片，重讀了好幾次。

「我好像遲到了五分鐘。」我解釋著。

「噢噢。」他點點頭然後把明信片還給我。「你要在這裡工作啊。」

「是的。」我說。

「我什麼也沒聽說，不過反正我會幫你通報上去。」

「謝謝。」

「可是約定語是什麼？」

「約定語？」

「你沒聽說過約定語的事嗎？」

我一楞搖搖頭。「什麼也沒聽說……」

「那就傷腦筋了。沒有約定語誰也不能通過啊。上面的人嚴格交代過。」

我再抽出明信片來看一次，還是沒有關於約定語的記載。

「一定是忘了寫了。」我說。

「總之能不能幫我引見上面的人？」

「所以說，因此需要那約定語呀。」他說著想在口袋裡找香煙，但不巧浴袍上沒有口袋。我把自己的香煙遞一根給他，用打火機爲他點上火。

「很抱歉……那麼，有沒有想到什麼……像是那個約定語之類的東西。」

商量也沒有用。約定語根本想不起來。我搖搖頭。

「雖然我也不喜歡這種正經八百的麻煩事，不過上面的人自有上面的人的想法吧。你瞭解嗎？」

「我瞭解。」

「在我之前做這工作的傢伙，也曾經把一個說是忘了約定語的客人引見進去，結果就為了這個被解僱了噢。現在好工作可不容易找啊。」

我點點頭。「噢，這樣怎麼樣？給我一點暗示好嗎？」

男人靠在門上，把香煙的煙霧吐向空中。「這是被禁止的。」

「只要一點點就行了。」

「不過，說不定什麼地方有隱藏的竊聽器呢。」

「是嗎？」

男人猶豫了一下，然後對我小聲耳語道。「聽好噢，非常簡單的字，跟水有關係的。可以放在手掌上，但不能吃。」

這次輪到我思考了。

「第一個字是什麼音？」

「是×。」他說。

「貝殼。」我試著說。

「不對。」他說。「還有兩次。」

「兩次？」

「再錯兩次就完了。雖然我覺得很抱歉，不過我也是冒著危險犯規告訴你的噢。」

「我很感謝。」我說。「不過如果能再給我一點暗示就更感謝了。例如是幾個字的東西之類的……」

「接下來你恐怕要說你乾脆全部告訴我好了對嗎？」

「怎麼會呢？」我呆住了。「我只是請你告訴我有幾個字而已呀？」

「兩個字。」他似乎放棄似地說。「就像老爸說的一樣啊。」

「老爸？」

「我老爸常說。你幫別人擦皮鞋，接著別人就要你把鞋帶也幫他綁上啊。」

「原來如此。」我說。

「總之是兩個字。」

「跟水有關係，能放在手掌上但不能吃。」

「沒錯。」

「鷺鱸。」我說。

「鷺鱸可以吃啊。」

「眞的？」

「大概吧。也許不好吃。」他沒自信地說。「而且不能放在手掌上。」

「你看過嗎？」

「沒有。」他說。

「鷺鱸。」我強硬地說。「可以放在手掌上的小鷺鱸非常難吃連狗都不吃的。」

「等一下。」他說。「首先，約定語就不是鷺鱸啊。」

「可是跟水有關係，能放在手掌上，又不能吃的，而且又是兩個字。」

「你的道理說不通。」

「什麼地方不通？」

「因爲約定語就不是鷺鯱啊。」

「那麼是什麼？」

他一瞬間啞口無言。「這不能說。」

「因爲不存在呀。」我盡情放膽地冷言說道。「除了鷺鯱之外，和水有關係，能放在手掌心又不能吃的兩個字的東西根本一個也沒有啊。」

「可是有啊。」他以快要哭出來的聲音說。

「沒有啊。」

「有。」

「你沒有證據說有。」我說。「而且鷺鯱已經符合全部條件了對嗎？」

「可是……那可以放在手掌上的小鷺鯱，說不定什麼地方有喜歡吃它的狗啊。」

「在什麼地方？還有是什麼樣的狗？」

「嗯——」他嘀咕著。

「關於狗我什麼都知道，卻沒看過喜歡能放在手掌上的鷺鷈的什麼狗。」

「有那樣難吃嗎？」

「難吃得不得了。」

「你吃過嗎？」

「沒有啊。那樣難吃的東西我爲什麼一定要吃呢？」

「說得也是。」

「總之請你幫我引見上面的人。」我強硬地說。「鷺鷈。」

「沒辦法。」他說。「我暫且幫你通報一聲。不過我想大概行不通吧。」

「謝謝。我會報答你。」我說。

「不過眞的有能放在手掌上的鷺鷈嗎？」

「有啊。」

掌中鷺鱇以天鵝絨布擦著眼鏡的鏡片，嘆了一口氣。右下方的臼齒陣陣抽痛著。要看牙醫嗎，他想。眞厭煩。牙醫、稅款申報、汽車貸款、空調故障……他把頭靠在皮面扶手椅上，想著關於死的事。死像海底一樣安靜。

掌中鷺鱇正要入睡。

這時對講機響起來。

「什麼事？」掌中鷺鱇對著機器吼道。

「有客人。」門房的聲音說。

掌中鷺鱇看看手錶。「遲到十五分鐘。」

南灣行

——杜比兄弟「南灣行」的BGM

就像南加州大多的土地一樣，南灣幾乎不下雨。當然並不是說完全不下雨，但雨這現象並沒有下得足以伴隨著基本性反應的觀念滲透進入人們的心中。也就是說從波士頓或匹滋堡來的人即使說「簡直像下雨一樣令人厭煩」時，南灣的人要理解這意味必須比別人多花半個呼吸的時間。

雖然說位於南加州，但南灣既不是衝浪的名勝地，也沒有爆炸搖滾樂的巡迴演唱或電影明星的豪華住宅。只有幾乎不下雨這回事而已。這地方雨衣的數量還不如流氓來得多。雨傘的數量還沒有注射筒來得多。在海灣入口附近，勉強維持生計的釣蝦漁夫即使釣起胸部中了三發四五口徑手槍子彈的屍體，也不是什麼太稀奇的事，坐著勞斯萊斯轎車的黑人戴著鑽石耳環，而且用銀煙盒打白種女人的耳光，也不是什麼稀奇的風景。

總而言之，南灣市並不是年輕人永遠年輕，眼珠都藍得像海一樣的那種南加州。首先海灣的海就不藍。海上浮著黑黑的重油，偶爾也看得見因爲船員隨手一丟的煙蒂意外地把海上的漁火點著的。而這地方能夠稱得上永遠年輕的只有那些死掉的年輕人。

當然我既不是爲了觀光而來到南灣的，也不是爲了追求道德而來的。要是爲了這兩個目的，到南灣市還不如到奧克蘭的市立動物園去更恰當。我到南灣來是爲了尋找一個年輕女子。我的委託者是住在洛杉磯郊外的一個中年律師，年輕女孩過去是在他那裡當祕書的。有一天她和幾張文件同時失蹤了，其中還包括了一封極私人性的祕密信件。這是常有的事。而且一星期後那封信的影印和一封要求金額不算客氣的信一起寄來。信的郵戳是南灣市。律師曾經想過那個程度的錢要付也可以。五萬美金的金額並不會把世界弄得天翻地覆。但即使那封信的原件能夠要回來，也難保要脅者不會留下幾打的影印副本。這也是常有的事。因此雇了私家偵探。以一天一百二十美元的必要經費，加上二千美元的成功報酬。便宜買賣一樁。南加州沒有錢買不到的東西。錢買不到的東西誰都不想要。

我拿著女人的相片在南灣一帶的酒吧和俱樂部一家一家的跑。這地方要想很快找到什麼人的話，這是最好的方法。就像一隻手提著牛排走在鯊魚羣裡一樣，一定有人會撲上來。但反應也許是機關槍的子彈，也許是有用的情報。但不管是什麼都確實是一種反應不會錯，而我所要的其實也就是這個。我走了三天告訴幾百個人我住的飯店名字，然後關在房間裡把一罐罐啤酒喝光，一面清潔著四五口徑一面等待那反應出現。

等待某個東西這回事是一件相當辛苦的差事。雖然憑職業上的第六感知道一定有什麼人會來，但等待依然很辛苦。兩天、三天都窩在房間裡繼續等著之間，神經逐漸開始狂亂起來。覺得與其窩在這樣的地方等候，不如出去外面到處打探比較快也說不定。很多人就是這樣而把加州私立偵探的平均壽命給拉下來的。

不過總之我還是等下去。我才三十六歲，現在死還太早了，而且至少我不願意死在南灣市臭小便的巷子裡。在南灣市一具屍體還不如一輛二輪車被人看重地處理。想要專程到這樣的地方來死的人並不太多。

反應在第三天下午出現了。我用膠帶把四五口徑黏貼在桌面底下。手上拿著小型左輪槍把門只拉開二英吋左右。

「兩手放在門上。」我說。就像前面說過幾次那樣，我還不想早死。就算是一樁便宜買賣，但我對我來說還是無可替代的唯一珍貴的人。

「OK，不要開槍。」是女人的聲音。我慢慢打開門，讓女人進來之後再把門鎖上。

正如相片上那樣，不比相片更興高采烈的女人。特別惹眼的金髮和火箭一般的乳房，也難怪連中年男人都會被她捉住小辮子。她穿著緊貼的洋裝和六吋高的高跟鞋，手上拿著漆皮亮光皮包在床邊坐下。

「只有伯本威士忌，要喝嗎？」

「好啊。」

我用手帕擦擦玻璃杯，然後注入三根指頭的 Old crow 遞給女的。女的舔了一口之後便乾脆喝掉一半。

「美好友誼的開始？」

「但願如此。」我說。「首先談談信的事吧。」

「可以，信的事嗎？很浪漫喏。」女的說。「不過到底是什麼信？」

「妳偷出來，然後拿它當證據向某人敲詐勒索的信哪。還想不起來嗎？」

「想不起來．因爲我根本沒偷過什麼信哪。」

「那麼也沒在洛杉磯的律師那裡當過秘書囉？」

「當然哪。我只是想到這裡來和你做好事就有一百元可以拿啊……」

一塊黑色的氣團湧上我胃的入口。我把女人推倒在床上後，拔下桌底的四五口徑，便趴進床底下，說時遲那時快，機關槍子彈發出吉恩．克魯帕（Gene Krupa）的鼓陣般的聲音飛進屋裡來。子彈穿破門、打碎玻璃、撕裂壁紙、把花瓶的碎片迸散一屋子，床墊化爲棉花糖。湯普遜機槍式的世界改造正在進行中。

不過機關槍這東西比起它的喧鬧程度來說效果卻不怎麼樣。確實要製造碎肉是很適合，但卻不是能夠正確殺人的武器。和多嘴的專欄女作家一樣。總之是經濟效率的問題。確定子彈已經用盡的喀啊聲之後，我站了起來，以令人傻眼的速度連續扣了四次扳機。兩發子彈有反應，另外兩發落空了。如果有五成的打擊率的話，就可以打道奇隊的第四棒了。但卻當不了加州的私家偵探。

「滿能幹的嘛，偵探。」門的對面有人這樣說。「不過只是到目前爲止而已。」

「我終於明白了。本來就沒有什麼敲詐威脅。信也是捏造的。只因爲傑姆遜的事件想堵我的嘴而已。」

「是啊，偵探，你腦筋轉得滿快的嘛。因爲你一開口很多人都大傷腦筋。所以只好讓你在南灣市的便宜飯店裡跟個妓女一起送命。這下子肯定惡名昭彰啊。」

相當了不起的情節，可惜對白太長了。我朝著門連射三發四五口徑過去。只有一發命中。打擊率三成三分三，正是該急流勇退的時候了。或許有人會送我十五美元的花圈也說不定。

接著一陣槍林彈雨猛射。但這次沒有持續多久。兩起槍聲像吉恩・克魯帕和布迪・瑞奇（Buddy Rich）鼓戰一樣互相重疊，十秒後一切便結束了。一旦出事，警察的動作倒很快。只是要等到一旦出事之前比較花時間而已。

「我以爲你們不會來了呢。」我大聲吼道。

「來了啊。」歐伯尼警官以慢吞吞的聲音說。「只是想讓你們先講講話而已。你倒是幹得滿漂亮的啊。」

「對方是誰？」

「南灣市一個小有名氣的流氓啊。不知道被誰指使的，看我的本事總有法子叫他開口。洛杉磯的律師也要逮捕起來。你相信我吧。」

「哇！你們眞熱心啊。」

「南灣市差不多該淸掃一下了。只要有你作證，連市長的寶座都要動搖了。也許這不合你的個性，不過這個世界也有不被收買的警官啊。」

「是嗎？」我說。

「不過這次我的事件你一開始就知道是個陷阱嗎？」

「知道啊。你呢？」

「我沒有懷疑委託者。這是和警察不同的地方。」

他咧嘴一笑走出房間。警察的笑法總是一個樣子。只有那些有希望領到退休金的人才笑得出來的笑法。他走出去之後只留下我和女人和數百發的鉛子彈。

南灣市幾乎不下雨。在那裡人們處理屍體還不如手推兩輪車那麼愼重。

圖書館奇談

1

圖書館非常安靜，因爲書把聲音都吸光了。

那麼被書吸掉的聲音又怎麼樣了呢？當然沒怎麼樣。簡單的說不是聲音消失了，而是空氣的振動被吸收了而已。

那麼被書本吸掉的振動又會變成怎麼樣呢？不怎麼樣，振動只是單純地消失掉而已，反正振動遲早要消失的，因爲這世界上沒有所謂永久運動存在。永久運動是永久不存在的。

就算時間，也並不是永久運動。既有沒有下週的這週，也有沒有上週的這週。

那麼沒有這週的下週呢……

算了，到此打住。

總之我在圖書館裡，而圖書館是非常的安靜。

圖書館比必要的還要安靜。因爲我穿的是剛買的POLO皮鞋，因此在灰色塑膠地磚上發出咯吱咯吱堅硬而乾燥的聲音。好像不是自己的腳步聲似的，穿新皮鞋要花相當長的時間才會習慣自己的腳步聲。

借書櫃台上坐著一位從來沒見過的中年女性，正在看書。一本非常厚的書，右邊印著外國語文，左邊印著日文。好像不是一樣的文章，左右兩邊的段落和換行都完全不同，插圖也不一樣，左邊一頁的插圖是太陽系的軌道圖，右邊卻是潛水艇活門似的金屬零件。到底是那方面的書，簡直無法知道。不過她卻一面嗯嗯點著頭看下去，從眼睛的動作看來，好像左眼看左邊一頁，右眼看右邊一頁。

「對不起。」我開口招呼。

她把書推到旁邊，抬頭看我。

「我來還書。」說著我把兩本書放在櫃台上，一本是《潛水艇建造史》，另外一本是《一個牧羊人的回憶》。《一個牧羊人的回憶》是一本相當有趣的書。

她翻開封底裡，查一下截止日期。不用說是在期限內。我是一定遵守日期和時間的，因爲被教養成這個樣子，牧羊人也一樣，如果不守時的話，羊羣會亂成一團，趕都趕不回來。

她熟練地檢查借書卡的存檔，還我兩張卡片，然後又開始看她自己的書。

「我想找書。」我說。

「下樓梯右轉，107號室。」她簡潔地說。

下了樓梯向右轉時，確實有個門寫著107。地下室非常深而陰暗，門一打開，彷彿這就要到巴西了似的感覺。雖然這圖書館我已經來過一百次了，卻第一次聽說有地下室。

算了沒關係。

我敲敲門，本來就打算輕輕敲的，沒想到門栓卻差一點脫落，眞是非常粗製濫造的門。我把門栓裝回原位，然後輕輕打開門。

房間裡有一張舊舊的小桌子，那後面坐著一個臉上長滿小黑斑的老人。老人頭禿了，戴一副深度眼鏡，禿得有點不乾脆，還有稀稀落落鬈曲的白髮，像火燒山之後的殘局似地，牢牢貼在頭皮上。我覺得乾脆全部剃光還比較好，不過那當然是別人的問題。

「歡迎！」老人說：「有何貴幹哪？」

「我想找一本書。」我說：「不過如果您忙的話，我下次再來好了……」

「不不不，沒有忙的道理。」老人說：「因為這是我的工作，你要找什麼書都行，不過你到底在找什麼樣的書呢？」

「其實我是想知道一下奧斯曼土耳其帝國的收稅政策。」

老人的眼睛閃閃發光。

「原來如此，奧斯曼土耳其帝國的收稅政策啊。」

我覺得非常不對勁，並不是非要知道奧斯曼土耳其帝國的收稅政策不可，只不過在坐地下鐵時，忽然想到奧斯曼土耳其帝國的收稅政策不知道怎麼樣而已。其實就算其他什麼杉樹花粉病的治療法的主題，也一樣可以。

「奧斯曼土耳其帝國的收稅政策。」老人重複一遍。

「不過沒關係。」我說：「並不急需，而且又那麼專門，我還是到國會圖書館去看看好了。」

「別胡說！」老人好像火大了似的說：「我們這裡有關奧斯曼土耳其的收稅政策的書就有好幾本。你在這兒等一下。」

「是。」我說。

老人打開房間裡面的鐵門消失到另一個房間去了，我站在那裡等老人回來等了十五分鐘，好幾次想逃出去，可是又覺得對老人過意不去而作罷。小小的黑色昆蟲，在燈罩裡繞著爬。

老人抱著三本厚書回來，每一本都舊得可怕，裝訂晃晃盪盪的，房間裡飄散著舊書的氣味。

「你看！」老人說：「《奧斯曼土耳其收稅史》，還有《奧斯曼土耳其收稅吏的日記》，還有《奧斯曼土耳其帝國內的反納稅運動和其彈壓》不是都有嗎？」

「謝謝。」我說著把三本書拿過來，往出口走。

「等一下，等一下，那三本書都是禁止借出去的。」老人說。

確實書背上貼著禁止帶出的紅標籤。

「如果想讀的話，可以在裡面的房間讀。」

「可是，」我看看手錶，五點二十分。「圖書館關門時間到了，而且吃晚飯以前不回家，我媽媽也會擔心。」

「關門時間不成問題，只要我說可以就可以。難道你不接受我的好意嗎？你想我是爲什麼去把這三本書找來的？嗯？爲了運動嗎？」

「對不起。」我向他道歉。「我絕沒有惡意，只是不知道這是禁止帶出的。」

老人深深地咳嗽，把痰吐在衛生紙裡，然後看了一看之後，才丟進地板上放著代替垃圾筒的牛皮紙箱裡。臉上的黑斑顫呀顫地跳動著。

「不是知不知道的問題。」老人把話像噴出來似地說出：「我像你這年紀的時候，讀書像要讀得滲進血液裡一樣呢。」

「那麼我就讀三十分鐘好了。」我無力地說，我非常不善於拒絕別人。「可是不能再久，我媽非常容易憂慮，自從我小時候被狗咬到以後，只要稍微晚一點回家，她就快要發瘋似的。所以沒念完的部分，等下星期天再來讀。」

老人的臉色稍微和緩下來，我好不容易鬆一口氣。

「到這邊來。」說著老人打開鐵門，向我招手。

門後面是陰暗的走廊。舊舊的電燈，閃著像灰塵一樣的微弱光線。

「跟在我後面走。」說著老人向走廊走去。好奇怪的走廊，走了一會兒之後，走廊向左右兩邊分叉出去，老人轉向右邊，然後立刻有許多叉路像螞蟻窩一樣分布在兩旁，老人不假思索地就走進其中的一條叉路進去，我把三本書抱在胸前，莫名其妙地跟在老人後面。老人的腳步比想像中快得多，自己到底走進幾條叉路了也數不清，再走一小段又是叉路，然後T字路——我的頭腦已經完全混亂了。市立圖書館的地下，有這麼廣大的迷魂陣，簡直亂來。市政府沒有理由批准這種地下迷魂陣的建設預算的。我本來想問老人這個問題，結果怕被他罵而沒敢問。

走廊盡頭有一扇和剛才一樣的門。門上掛著「閱覽室」的牌子。周圍寂靜得像墓場一樣，只有我的皮鞋發出咯吱咯吱的聲音，老人卻毫無聲息地走著。

老人從上衣口袋叮叮噹噹地取出大把鑰匙串來，在燈下選出一支，插進鐵門的鑰匙洞裡轉了轉。實在令人厭惡。

2

「好了好了！」老人說：「進來吧！」

「可是裡面黑漆漆的啊。」我抗議著。

老人不高興地咳嗽一聲，把背伸直，轉身向著我，老人好像忽然變成一個高大的男人似的。眼睛像黃昏的山羊一般閃閃發光。

「喂！小伙子，誰說在沒人的房間，要一整天點著燈的？嗯？你這是在命令我嗎？」

「不，沒這意思……」

「哼！眞嚕嗦。算了，你回去好了，隨你愛去那裡就去那裡。」

「對不起。」我道著歉，自己也搞不清楚是怎麼回事。覺得老人好像是某種不吉祥的存在，不過又像只是愛生氣的不幸老人似的，我平常對老人就不太清楚，因此眞不知道該怎麼辦才好。

「我沒這個意思，如果說錯了什麼，我向您道歉。」

「都一樣。」老人說：「嘴巴講比較容易。」

「眞的不是這樣，暗也沒關係，對不起我不該多嘴。」

「哼。」老人說著注視我的眼睛。「那麼你要不要進去？」

「嗯，我進去。」我用力說。爲什麼我竟然違背自己的意思說這些、做這些呢？

♤

「裡面一進去就有樓梯，手要捉緊牆上的扶手，免得跌倒啊。」老人說。

我率先走進黑暗中，老人從後面把門關上，並聽見鑰匙咔喩一聲鎖上了。

「爲什麼要上鎖呢？」

「這是規矩，是規矩呀。」老人說：「上面的人訂了幾千、幾萬個這一類的規矩，你東抱怨西抱怨的煩死人。」

我索性繼續走下階梯，長得可怕的階梯。簡直像印加的井似的。牆上釘有斑駁生鏽的鐵扶手。連一絲光線一點明亮都沒有。就像被人從頭上罩個頭巾似的完全漆黑。

只有我的皮鞋在黑暗中咯吱咯吱地響著,如果沒這鞋子聲,連是不是自己的腳都搞不清楚了。

「好了,就停在那裡。」老人說。我停下來。老人推開我,走到前面,又叮叮噹噹地拿出鑰匙,然後聽到門鎖打開的聲音,明明是完全黑漆漆的,老人的動作卻像什麼都看得見似的。

門一開,從裡面透出令人懷念的黃色燈光,雖然是微弱的光,可是眼睛卻花了好些時間才習慣過來。從門裡走出一位打扮成羊模樣的矮小男人,拉起我的手。

「嗨,歡迎光臨。」羊男說。

「您好!」我說。搞不清楚是怎麼回事。

羊男全身披掛著眞正的羊皮,手戴黑手套,腳穿黑工作鞋,而且臉上戴了黑色的面具,從面具裡透出一對喜歡親近人的小眼睛,我眞不知道他到底爲什麼要打扮成那副模樣的,總之那打扮跟他非常搭配,他看了我的臉好一會兒,然後瞄了一下我抱著的書。

「你是要來這裡讀書的嗎?」

「是的。」我說。

「眞的是你自己願意來的嗎?」

羊男的說法有些奇怪，我無言以對。

「好好回答啊！」老人急忙催促我：「不是你自己願意來的嗎？有什麼好猶豫的，你想丟我的臉嗎？」

「是我自己願意來的。」我說。

「我說得沒錯吧。」老人好像在誇耀他的勝利。

「不過老師啊！」羊男對老人說：「他還是個小孩子嘛。」

「嚇，少嚕嗦！」老人突然從西裝褲後面拉出一根短短的柳條，往羊男臉上「唰！」地抽打下去。「快點帶他到房間裡去。」

羊男一臉爲難地再度拉起我的手。嘴唇旁邊紅腫起一條傷痕。

「走吧。」

「到那裡去？」

「書房啊，你不是來讀書的嗎？」

羊男帶頭，我們走過像螞蟻窩一樣彎彎曲曲的狹小走廊。

我們走了很久，向右邊彎了好幾次，向左邊也轉了好幾次，有些是斜角，有些是S形轉彎，因此到底離出發點多遠，簡直完全搞不清楚。我在半路上就已經放棄再去辨認方向了，接下來就一直盯著羊男矮胖的背影，羊男的衣服還附著短短的尾巴，一走起路來，就像鐘擺似的左右搖晃。

「好了好了！」羊男說著突然站定。「到了。」

「請等一下。」我說。「這不是牢房嗎？」

「是啊。」羊男點點頭。

「說得不錯。」老人說道。

「不對呀，你說是要到書房去的，我才跟著來到這裡呀。」

「你上當了。」羊男很乾脆地說。

「我騙你的。」老人說。

「可是這……」

老人從褲子後面拿出柳條，往我臉上唰地抽打下來。

「少廢話，進去吧。而且要把這三本書全部念完，背熟。一個月以後我要親自考試。如果你能好好背熟，就讓你出去。」

「簡直亂來嘛。」我抗議道。「一個月怎麼可能把這麼厚的書全部記熟，而且現在家裡我母親正……」

老人把柳條一揮，我急忙閃開，卻正好打在羊男臉上。老人在氣頭上，又抽了羊男一下，眞是太過分了。

「反正把這傢伙關進去。」老人說完便匆匆走掉。

「痛不痛？」我問羊男。

「沒關係，我已經習慣了。」羊男說：「重要的是我不得不把你關進去。」

「實在不想進去。」

「我還不是一樣不願意，可是啊，這個世界就是這樣啊。」

「如果拒絕會怎麼樣？」

「那我就要被打得更慘哪。」

我覺得羊男實在太可憐了，因此乖乖進了牢房。牢房裡有床、桌子，和抽水馬桶，洗臉台上放著牙刷和漱口杯，每一樣東西都奇髒無比，牙膏是我最討厭的草莓味的，沉重的鐵門上面附有探望用的格子窗，下面則有細長的送飯口。羊男把桌上枱燈的開關按亮又按熄了幾次之後，朝我笑一笑。

「不錯吧？」

「嗯，還好。」我說。

「每天送三次飯，三點還有甜甜圈、橘子汁呢。甜甜圈是我親自炸的，脆脆的非常好吃噢！」

「那眞謝了。」我說。

「那麼把腳伸出來吧！」

我把腳伸出去，羊男從床下拖出一個沉重的鐵球，並把那上面附著的鎖往我腳踝一套鎖了起來，還把那鑰匙放進毛皮外套胸部的口袋，把拉鏈拉上。

「好冷啊。」我說。

「什麼話，一會兒就習慣了。」羊男說：「我現在就去給你拿晚飯來。」

「嘿，羊男先生。」我問他：「眞的必須在這裡待一個月嗎？」

「對呀。」羊男說：「就是這樣啊。」

「一個月以後眞的會放我出去嗎？」

「不。」

「那不然怎麼辦？」

「這倒很難解釋呢。」

「拜託拜託告訴我，家裡面我媽正在擔心呢。」

「嗯，也就是說啊，會用鋸子把你的頭鋸斷，然後把你的腦漿咻咻咻地吸光。」

我跌坐在床上抱著腦袋，到底什麼地方不對勁了，我又沒做過什麼壞事啊。

「沒問題，沒問題，吃過飯就會有精神的。」羊男說。

3

「羊男先生，爲什麼我的腦漿要被咻咻咻地吸光呢？」我試著問看看。

「噢，是這樣的，聽說塞滿了知識的腦漿，非常好吃哋。怎麼說好呢，糊糊的，而且也有點一粒一粒的……」

「所以要花一個月先塞滿了知識再來吸對嗎？」

「就是這麼回事。」

羊男從衣服口袋掏出Seven Star香煙，用一百圓的打火機點上火。

「可是這不管怎麼說都太殘忍了吧？」

「嗯，是啊。」羊男說：「可是每個圖書館都這樣做啊，總之是你自己運氣不好嘛。」

「你是說每個圖書館都這樣嗎？」

「是啊。不然你看，光是借書出去，圖書館老是賠本哪。而且有好多人寧可腦漿被吸光，也要獲取知識啊，你還不是為了要得到別的地方所沒有的知識，才到這裡來的對嗎？」

「不對呀，我只是忽然心血來潮而已呀，有沒有都無所謂的。」

羊男好像頗傷腦筋似地歪著頭。「那就未免太可憐了。」

「你放我出去好不好？」

「不，那可不行，這麼一來，我可慘了，眞的很慘喏，會被電鋸把肚子切掉一半的，你說慘不慘？」

「慘。」我說。

「我以前也曾經被整過一次，花了兩個星期傷口才癒合，兩星期吔，所以呀，請你死了這條心吧。」

「那，這件事就姑且算了，如果我拒絕讀書呢？會怎麼樣？」

羊男全身發抖起來。

「你還是別這樣比較好，因爲我不願意報告壞消息。這地下室的地下，還有更悽慘的地方。腦漿被吸掉還算好得多呢。」

羊男走了以後，就留下我一個人在牢房裡。我趴在硬梆梆的床上，一個人唏哩嘩啦地哭了一個鐘頭，藍色的麥殼枕頭被眼淚沾得濕答答的。

到底該怎麼辦呢。既不願意腦漿被咻咻咻地吸掉，又討厭被趕進更深一層的悲慘世界。

手錶指著六點半。是吃晚飯的時間了。母親在家一定正在擔心。如果半夜我還不回去，也許會發瘋呢，就是這樣的母親，每次都往壞的地方想。要不是往壞的地方想，就是在看電視，這兩者之一。她不曉得有沒有幫我餵白頭翁。

七點鐘有人敲門然後門被打開，一個我從來沒看過那麼漂亮的女孩子，推著推車走進房間。漂亮得讓你眼睛都會痛的漂亮。年齡大概和我差不多，手腳和脖子細得好像馬上就會折斷似的，長長的頭髮像把寶石溶進去一樣地閃閃發光。誰都會做夢，而這正是只有在夢中才看得見的少女。她注視了我一會兒，然後一言不發地把推車上的菜排在桌上。我呆呆望著她靜悄悄的動作。

菜都是非常精緻的菜。有海膽湯、霸魚糊、蘆筍拌西洋胡麻，還有葡萄汁。把這些排完以後，她招招手說〈別哭了，來吃飯吧。〉

「妳不能說話嗎？」我試著問她。

〈是，我小時候聲帶就壞了。〉

「所以妳就做羊男的助手嗎？」

〈是。〉她稍稍微笑一下。那微笑美妙得讓你心臟都要裂成兩半。

〈羊男是個好人，不過他非常怕爺爺。〉

我依然坐在床上，一直凝視著她。她悄悄低下眼睛，下一個瞬間就從房間裡消失了。就像五月的風似的飄飄然地消失，我連關門聲都沒聽到。

食物味道非常好，可是喉嚨連一半都吞不下去，覺得好像要把鉛塊塞進胃裡似的。我把餐具收拾好，躺在床上，想著接下來該怎麼辦才好，只有一個結論，那就是逃出這裡。圖書館地下居然有這樣的迷魂陣，是絕對的錯誤。同時誰吸誰的腦漿也是不能容許的事。況且也不能讓母親發瘋，讓白頭翁餓死啊。

可是一想到怎麼才能從這裡逃出去時，我簡直束手無策。腳上掛著腳鐐，門被鎖著，而且縱然可以逃出這個房間，又怎麼逃得出那黑漆漆的迷魂陣呢

我嘆了一口氣，又哭了一陣子，我的個性非常脆弱，經常都只想著母親和白頭翁，爲什麼會變成這樣呢？一定是被狗咬過的關係。

哭了一會兒之後，想起那位美麗的少女，心情稍微好轉，只能盡力去做可以做的了，總比什

麼也不做好得多。何況羊男和美麗的少女也不是壞人，機會總會來到吧。

我拿起《奧斯曼土耳其收稅吏的日記》，伏案翻閱起來。爲了掌握機會，首先不得不裝作柔順的樣子——這麼說來也不是什麼難事，我本來個性就非常柔順啊。

《奧斯曼土耳其收稅吏的日記》是以土耳其古文寫的，非常難懂的書，可是說也奇怪，居然能夠流暢地讀下去，而且讀過的地方從頭到尾都記進腦子裡去了。頭腦好實在是一種美妙的感覺，沒有一點不瞭解的地方，我終於可以領會那些人的心願了，只要一個月之內能變聰明，那怕腦漿被咻咻咻地吸光，他們也心甘情願了。

我一面翻閱著書，一面變成了收稅吏伊凡阿爾姆多哈休魯（其實名字比這更長），腰配半月刀，走在貝克巴格達街上，收集稅款，街上像沉澱的河川似的，籠罩著雞的氣味，煙草和咖啡的味道。賣水果的賣著從來沒見過的水果。

哈休魯是個沉默寡言的人，有三個妻子五個孩子。他養了兩隻鸚鵡，鸚鵡也不比白頭翁差，長得相當可愛。變成哈休魯的我，和三個妻子也有幾段愛的場面。這種事，總覺得好奇怪。

九點半時，羊男帶了咖啡和餅乾過來。

「唉呀呀！真佩服，你已經開始用功起來了啊。」

「嗯，羊男先生。」我說：「滿有意思的。」

「那太好了，不過休息一下喝咖啡吧。一開始就用心過度，以後可就麻煩大了。」

我和羊男一起喝咖啡、吃餅乾，嘰哩咔啦。

「嘿，羊男先生！」我問他：「腦漿被吸掉到底是什麼感覺？」

「噢，這個嘛，沒有想像的那麼壞喲。就好像啊，頭腦裡面糾纏不清的線團，被嘶——地抽掉一樣噢。因爲畢竟還有人要求再來一次呢！」

「哦，眞的嗎？」

「嗯，差不多。」

「被吸掉以後會怎麼樣？」

「剩下來的一輩子，就恍恍惚惚地一面做夢一面過日子啊，既沒有煩惱，也沒有痛苦，更不會急躁不安，既不必再擔心時間，也不必再擔心習題做了沒有。怎麼樣？很棒吧？」

「嗯。」我說：「可是腦袋不是被鋸斷了嗎？」

「那當然會有點痛啦，可是，那一會兒就過去嘛。」

「眞的嗎？」我說，總覺得太順利了。「那麼那位漂亮女孩的腦漿沒被吸掉嗎？」

羊男從椅子跳起來足足有二十公分，裝上去的耳朵扇呀扇地搖動。「你說什麼？什麼漂亮女孩？」

「拿東西來給我吃的那個女孩子啊。」

「奇怪！食物是我拿來的呀，那時候你正在呼呼大睡，我可不是什麼漂亮女孩喲。」

我腦筋又一團混亂，完了完了。

4

第二天傍晚，美麗的啞女再度出現在我房間。

她把食物放在推車上推來。這次的食物是土魯斯香腸加馬鈴薯沙拉，蒸魚和苜蓿沙拉，外加一壺濃濃的紅茶。蕁麻花紋的漂亮茶壺。茶杯湯匙也都是典雅精緻的樣子。

〈慢慢吃，不要剩下來喲。〉美麗的少女用手勢對我說。然後微微一笑。那笑容美妙得天空都快裂成兩半似的。

「妳到底是誰？」我問她。

〈我就是我，如此而已。〉她說。她的話不是從我的耳朵，而是從我心中聽到的，感覺非常奇怪。

「可是羊男先生怎麼說妳並不存在呢，而且……」

她把一根手指頭壓在小嘴上，命令我不要作聲。我沉默下來，我非常擅於服從命令，甚至可以說是一種特殊能力。

〈羊男先生有羊男先生的世界，我有我的世界，你有你的世界，對嗎？〉

「對呀。」我說。

〈所以不能因爲羊男先生的世界裡沒有我存在，就說我根本不存在吧？〉

「嗯。」我說：「換句話說這各式各樣的世界都混在一起，有些部分互相重疊，有些部分卻不互相重疊。」

〈對了。〉美麗的少女說。

我的頭腦也不是完全那麼壞，只不過被狗咬過以後，有點偏差而已。

〈知道就好，快點吃飯吧。〉美麗的少女說。

「我會好好吃的，所以妳能不能在這兒多留一下，」我說：「一個人好寂寞噢。」

她靜靜地微笑著，在床尾坐下，兩手規規矩矩地放在膝蓋上，一直注視著我吃晚飯，她看起來就像柔和的晨光中的玻璃擺飾似的。

「上次我看到過一個很像妳的女孩子噢。」我一面吃著馬鈴薯沙拉一面說：「跟妳一樣年齡、一樣漂亮、一樣的味道。」

她什麼也沒說地微笑著。

「希望妳能跟我母親和白頭翁見一次面，白頭翁非常可愛喲。」

她的頭稍稍動了一下。

「當然還有我母親也是。」我追加一句：「不過我母親太過於擔心我了。因爲我小時候被狗咬過，可是我被狗咬是我的錯，而不是母親的錯，因此母親不應該那麼擔心我，因爲狗……」

〈怎麼樣的狗？〉少女問道。

「好大的狗噢，戴著鑲有寶石的皮項圈，眼睛是綠色的，腳非常粗有六隻爪子，耳朵尖端裂成兩片，鼻子像曬黑似的茶色，妳有沒有被狗咬過？」

〈沒有，〉少女說：〈不管這些了，你吃飯哪。〉

我默默地繼續吃晚餐。吃完之後把盤子收好，開始喝紅茶。

〈嗨！〉少女說。〈我們離開這裡，一起回去你母親和白頭翁的地方去吧！〉

「對呀，」我說：「可是逃不出這裡呀。門都鎖著，外面又是黑漆漆的迷魂陣，而且如果我逃出去，羊男先生會很慘呢。」

〈可是你不是不喜歡腦漿被吸掉嗎？如果你腦漿被吸掉的話，就再也看不到我了。〉

我搖搖頭，實在搞不清楚，很多事情都太嚴重了。我既不願意腦漿被吸光，也不願意離開美麗的少女，可是黑暗太可怕，又不想讓羊男受苦。

〈羊男先生也一起逃啊。你跟我跟羊男先生，三個人一起逃啊。〉

「這倒很好。」我說：「什麼時候？」

〈明天。〉少女說〈明天是爺爺睡覺的日子。爺爺只在新月的夜晚才睡覺。〉

「羊男先生知道嗎？」

〈他不知道。不過這要羊男先生自己決定。〉

「對噢。」我說。

〈我差不多該走了。〉美麗的少女說〈到明天晚上之前不能告訴羊男先生噢。〉

我點點頭。然後美麗的少女就像昨天晚上一樣，從只打開一點點的門縫中飄飄然地消失了。

我正要開始讀書時，羊男就拿著一個裝了甜甜圈和檸檬汁的托盤進來。

「念得順利嗎？」羊男說。

「嗯，羊男先生。」我說。

「我帶了上次跟你說過的甜甜圈來了，剛剛炸好，趁著脆脆的趕快吃。」

「謝謝你，羊男先生。」

我把書整理好，開始咬著甜甜圈吃，確實是脆脆的非常好吃。

「怎樣？好吃吧？」

「嗯，羊男先生，這麼好吃的甜甜圈，眞是那裡也找不到。」我說：「羊男先生如果開一家甜甜圈店，保證生意興隆。」

「嗯，我也曾經這麼想過，如果開得成的話那該多好啊。」

「一定開得成的。」

羊男在床上剛才美少女坐過的同一個地方坐下。從床邊垂下短短的尾巴來。

「可是不行啊。」羊男說：「誰都不會喜歡我，我長得這麼奇怪，牙齒也幾乎沒刷過……」

「我可以幫助你呀，我來賣、洗盤子、摺餐巾、算錢。羊男先生只要在後面炸甜甜圈就行了。」

「這倒是可以噢。」羊男頗落寞地說，他想說什麼，我很瞭解。

（不過最後我還是會留在這裡，挨柳條鞭打，你再過不久腦漿就要被吸掉了，還有什麼好說……）

羊男神色暗淡地拿著托盤走出房間。我好幾次想把逃走的計劃告訴他，又想到美少女的話便又打住了。不管怎麼樣，明天一到，什麼事都會有個了斷。

《奧斯曼土耳其收稅吏的日記》讀著讀著，我又變成了收稅吏伊凡阿爾姆多哈休魯。白天我在巴格達的街上巡迴走著，傍晚餵餵兩隻鸚鵡，夜空掛著剃刀似的細長月眉。遠方傳來有人吹笛子的聲音。黑奴在房間裡燒起香，並用蒼蠅拍在我周圍趕著蚊子。

我三個妻子中的一個，就是那啞巴美少女，正在床上等我。

〈月色眞美啊。〉她說〈明天就是新月的日子了。〉

我說，我要去餵鸚鵡。

〈鸚鵡不是剛剛餵過嗎？〉美少女說。

哦？是嗎？我說。我老是在想著鸚鵡。

她脫掉衣服，我也脫掉衣服。她的身體滑溜溜的，氣味非常美妙。剃刀似的月光在她身上投下奇妙的光線。笛子聲音還繼續不斷。我在掛了蚊帳的大床上擁抱她。床像停車場那麼大，隔壁房間鸚鵡在叫著。

〈月色眞美。〉過一會兒美少女說。〈明天就是新月的日子了。〉

對呀，我回答。「新月」這字眼好像似曾相識。我喚了僕人來，躺在床上抽起水煙。

新月這字眼好像聽過啊。我說。可是卻想不起來。

〈新月的夜晚降臨的時候，〉美少女說。〈很多事情都會弄清楚的。〉

確實像她所說的。新月的夜晚來臨時，很多事情自然會搞清楚的。

於是我就睡了。

5

新月的夜晚，像瞎眼的海豚一般，悄悄來到。

不用說圖書館的地下，是深得看不見天空的。可是那深深的藍墨水似的黑暗，卻穿過重重鐵門和迷魂陣，靜悄悄地把我團團圍住。總之新月的夜晚來臨了。

傍晚時分，老人來檢查我讀書的進展情形。他穿著和上次完全相同的衣服，腰上依然插著那柳條。他看過我讀書的進度之後，好像覺得相當滿意。因爲他滿意，所以我也有點高興。

「嗯，不錯！不錯！」老人說著，呱呱呱地抓抓下顎。「比我想像的進展得快，眞是個乖孩子。」

「謝謝誇獎。」我說。我非常喜歡人家誇獎。

「如果能早一點把書念完，」老人說著就此打住，一直凝視著我的眼睛。老人看了我很久。我好幾次想避開他的眼光，卻避不開。老人的一對眼睛和我的一對眼睛好像被什麼東西纏結起來似的，不知不覺之間，老人的眼睛越脹越大，房間的牆壁，被眼球的黑和白整個覆蓋了。上了年紀磨損混濁的黑和白。在那之間老人眼睛一眨也不眨。最後終於像退潮似地，眼球又縮回去。老人的眼窩再度斷然收回。我閉上眼睛，終於鬆了一口氣。

「如果能早一點把書念完，就可以早一點離開這裡，其他的事別亂想，好不好？」

「好。」我說。

「有沒有什麼不滿意的？」老人說。

「母親和白頭翁不知道怎麼樣了？」我試著問看看。

「整個世界都安然無恙地運轉著。」老人說：「大家都在想著自己的事，直到那個日子來臨以前，大家都在繼續活著。你的母親是這樣，你的白頭翁是這樣，大家都一樣啊。」

不曉得他在說什麼，不過我還是點頭說「是」。

老人出去三十分鐘之後，美少女像平常一樣悄然走進房間。

「是新月的夜晚對嗎？」我說。

〈是的。〉美少女安靜地說，悄悄在床尾坐下。由於新月的黑暗，我的眼睛扎扎地刺痛。

「眞的今天要逃出這裡嗎？」我問。

美少女默默點點頭。她看起來非常疲倦的樣子。臉色比平常淡，後面的牆壁彷彿可以薄薄地透視過去。她身體裡的空氣微微地震動著。

「妳不舒服嗎？」

〈有一點。〉她說。〈因爲新月的關係。一到新月，很多事情都會開始不對勁。〉

「可是我沒怎麼樣啊。」

她微微一笑。〈你沒怎麼樣，所以沒問題呀，一定可以逃得出去。〉

「那妳呢？」

〈我的事我自己會打算，所以你只要為你自己打算好了。〉

「可是如果沒有妳，我就不知道怎麼辦才好啊。」

〈那只是心理作用而已。〉少女說。〈眞的噢，你已經變強了，以後還會變得更強，強得誰也勝不了你喲。〉

「眞的嗎？可是我不覺得啊。」我說。

〈羊男先生會帶路，我一定會在後面跟著來，所以請你先逃吧！〉

我點點頭，少女便像被吸走了似地消失無蹤。少女消失以後，我非常寂寞，覺得今後好像再也看不到她了似的。

九點鐘以前，羊男端了一整盤甜甜圈來。

「嗨！」羊男說：「聽說今天晚上要逃出這裡呀？」

「你怎麼知道？」我有些吃驚地問。

「有一個女孩子告訴我啊，非常漂亮的女孩子喲，這一帶有這麼漂亮的女孩子，我一點都不知道。是你的朋友嗎？」

「嗯，是啊。」我說。

「我眞希望也有那樣的朋友。」羊男說。

「只要從這裡逃出去，羊男先生也一定可以交到很多朋友。」我說。

「要是這樣就好了。」羊男說：「因爲搞不好你跟我都要遭殃啊。」

「對。」我說。所謂悽慘的情況到底有多悽慘呢？

接下來我們兩個一起吃甜甜圈、喝葡萄汁。我雖然一點都沒食慾，還是勉強吃了兩個甜甜圈。羊男一個人吃了六個，眞不得了。

「要做什麼以前，必須先把肚子塡飽。」羊男說。然後用胖胖的手指擦擦嘴角沾著的砂糖，嘴邊全是砂糖。

不知道什麼地方的掛鐘敲了九點。羊男站起來，揮揮衣服袖子，讓衣服更貼身些，是出發的時候了。

我們走出房間，走在陰暗的迷魂陣似的走廊。爲了不要吵醒老人，我們努力不發出腳步聲。我在半路上把皮鞋脫掉丟在走廊的角落裡。雖然把剛花了兩萬五千圓才買到的皮鞋丟棄，實在可惜，但是也沒辦法。再怎麼說，我都不應該誤闖進這奇怪的地方的。皮鞋掉了，母親一定會非常生氣吧？如果向她說明，是爲了免於腦漿被吸掉才丟掉的，她大概也不會相信吧？不，一定不行，她會認爲我是掉了鞋子以後，爲了瞞她而隨便編的謊話吧？那倒也是，誰會相信在圖書館的地下室腦漿會被吸掉呢？說出眞正的事實卻沒有人肯相信，一定非常難過吧。

跋涉到鐵門之前的漫長道路上，我一直在想這件事。羊男在我前面走著，羊男比我矮半個頭，因此羊男那裝上去的耳朵，就在我鼻子前面上下搖擺著。

「嗨，羊男先生。」我小聲問他：「我現在回去拿鞋子行不行？」

「什麼？鞋子？」羊男吃了一驚地說：「這不行啊，把鞋子忘掉吧！腦漿不是比鞋子重要得多嗎？」

「是。」我說，於是我把鞋子忘了。

「老爺爺現在雖然睡熟了，可是那個人一看就是非常敏感的人，還是多注意一點好。」

「是。」我說。

「路上不管發生什麼事，都不可以大聲叫噢。如果他醒了追過來，我就什麼也幫不上了。被那柳條一抽，我就毫無辦法抵抗。」

「那是特別的柳條嗎？」

「這——我也不清楚。」說著羊男考慮了一下，「可能是非常普通的柳條吧？我不太知道。」

我也不太清楚。

「嗨！」過一會兒羊男問我說。

「什麼事？」

「你那雙皮鞋，忘了沒有？」

「嗨，忘掉了。」我說，可是他這麼一問，我又想起我那雙皮鞋了。那是母親送我的生日禮物，一雙非常重要的皮鞋。會發出咯吱咯吱舒服的聲音的氣派的皮鞋。我掉了它，或許母親會虐待白頭翁也說不定，因爲她覺得白頭翁很討人厭。

其實白頭翁一點都不討人厭，白頭翁很安靜而乖巧，比起狗安靜多了。

狗。

一想到狗，就不由得冒冷汗。爲什麼大家都在養狗呢？爲什麼大家不養白頭翁呢？爲什麼我母親那麼討厭白頭翁呢？爲什麼我要穿那麼高級的皮鞋上圖書館呢？

我們終於來到鐵門的地方。新月的黑暗似乎更加濃重了一些。

羊男在兩邊的手掌吹了一口氣，手一下握緊一下張開。然後把手揷進口袋裡，悄悄拿出一串鑰匙，然後看看我，微微一笑。

「不能不放輕一點。」羊男說。

「是啊。」我說。

沉重的鐵門鑰匙咔噠一聲開了，雖然聲音很小，還是讓身體沉重地一震。停了一會兒，羊男悄悄推開門。門後完全的黑暗，像柔軟的水似的壓過來。新月使得空氣失去了調和。

「不用擔心噢。」說著羊男拍拍我的手腕。「一定會順利的。」

是嗎？眞的會很順利嗎？

6

羊男從口袋裡拿出手電筒，撥開開關。黃色的光線朦朧地照著階梯。樓梯上面就是那莫名其妙的迷魂陣了。

「嗨，羊男先生。」我問他。

「什麼事？」

「你知道那迷魂陣怎麼走嗎？」

「我想大概想得起來吧。」羊男沒什麼自信地說：「這三、四年沒走過，所以不敢說，不過應該可以弄清楚吧。」

雖然我變得非常不安，可是一句話也沒說，現在再說什麼也沒有用。結果也只有聽天由命了。

羊男和我腳步沒出聲地悄悄爬上樓梯。羊男穿著一雙舊網球鞋，我——剛才已經說過了——打赤腳。羊男走在前面，手電筒只照著他自己前面，因此我只能在一片漆黑裡前進。老是撞到羊男的屁股。羊男腳比我短得多，我走的速度總是比他快。

階梯冷冷的，濕濕的，石階稜角已經磨圓了，好像幾千年前就有的階梯似的。空氣裡沒什麼氣味，但有些地方卻明顯地具有層次，因層次不同密度和溫度也不同，下來的時候沒注意到，大概是害怕得沒有多餘的心情去注意吧。有時好像踩到蟲子，軟綿綿的，或硬梆梆的，腳底可以感覺得到。因爲暗暗的什麼也看不見，不過大概是蟲子吧，不管是什麼，都令人覺得非常不舒服。還是應該穿鞋子才對。

花了很長的時間爬到樓梯盡頭時，我和羊男都鬆了一口氣，腳都凍僵了。

「眞是不得了的樓梯啊。」我說：「下來的時候倒不覺得有這麼長。」

「這以前是個井。」羊男告訴我說：「不過水都乾枯了，只好改做其他用途。」

「哦？」我說。

「詳細情形我也不知道，反正是有這麼回事。」

然後我們站上去，朝著大成問題的迷魂陣前進。在第一個叉路，羊男往右走，想了一下，又退回原位向左走。

「有沒有問題呀？」我還是很擔心地試著問他。
「噢，沒問題，錯不了，是這邊。」羊男說。
我還是覺得不安。迷魂陣的問題點，在於你若不走到盡頭，就不會知道那選擇是正確還是錯誤。而當你走到底，發現是錯的時候，卻已經太遲了。這就是迷魂陣的問題點。
羊男好幾次迷惑了，退回來，再往前走。有時候站定了，用手指在牆壁上抹一把舐舐看，或耳朵貼在地上聽一聽，或和在天花板做巢的蜘蛛喃喃低語什麼，或聞聞空氣的味道，羊男或許具有和一般人不太相同的記憶回路。
時間一刻一刻地溜走，好像快要天亮了。羊男偶爾從口袋掏出手電筒，確定一下時間。
「兩點五十分。」羊男說：「不久新月的力量就越來越弱了，要提高警覺喲。」
被他這麼一說，眞的覺得黑暗的密度已經開始變化了。眼睛的刺痛彷彿也減輕了一些。
我和羊男加緊趕路，說什麼也要在天亮以前趕到最後一扇門才行。要不然老人醒過來，發現我和羊男失蹤了，立刻從後面追來，我們就完了。
「來得及嗎？」我問羊男。

「嗯。沒問題，接下來的路我都想起來了，你不用擔心，一定讓你逃出去，你相信我吧！」

羊男確實好像想起來怎麼走了，我和羊男從一個轉彎到一個轉彎地脫出迷魂陣，最後終於來到筆直的走廊，羊男的手電筒光線照到走廊盡頭，隱約看得見門了。從門縫裡透進來淡淡的光線。

「你看，我說的對吧。」羊男得意洋洋地說：「來到這裡就沒問題了，接下來只要從那扇門走出去就行了。」

「羊男先生，謝謝你。」我說。

羊男從口袋掏出鑰匙串，把門鎖打開，門開處就是圖書館的地下室。電燈從天花板垂下來，那下面有一張桌子，桌子後面坐著老人，正注視著這邊。老人身旁坐著一隻大黑狗，脖子上套著鑲有寶石的頸圈，眼睛是綠色的。正是以前咬過我的那隻狗，狗咬著血淋淋的白頭翁，緊緊地咬在牙齒之間。

我不由得悲痛地大叫一聲，羊男伸出手來扶著我。

「我在這裡等了很久了噢。」老人說：「你們好慢哪。」

「老師，這因爲種種原因……」羊男說。

「嚇！少嚕嗦！」老人大吼一聲，從腰間抽出柳條，在桌上啪噠打了一下，狗豎起耳朵，羊男閉嘴不說，周圍一片寂靜。

「好哇！」老人說：「看我怎麼來修理你！」

「你不是在睡覺嗎？」我說。

「呵呵。」老人冷笑道：「自作聰明的小子，是誰告訴你的啊，我可沒那麼好騙，你們在想什麼，我還摸不透嗎？」

我嘆了一口氣，真是沒那麼容易啊。結果連白頭翁都犧牲掉了。

「你這傢伙。」老人用柳條指著羊男說：「我非把你撕成一片片丟進洞裡餵蜈蚣不可。」

羊男躲在我後面全身發抖。

「還有你！」老人指著我：「我要把你餵狗，只留下心臟和腦漿，身體全部讓狗咬碎直到血肉模糊像泥巴灘在地上一樣為止。」

老人樂得大笑，狗的綠眼睛開始閃閃發光。

這時我發現被咬在狗的牙齒之間的白頭翁，好像漸漸膨脹起來，白頭翁終於脹得跟雞一樣大，簡直像千斤頂似的，把狗的嘴巴脹大裂開，狗想要哀號，卻太遲了，狗的嘴巴裂了開來，霎時只聽見骨頭飛散的聲音，老人趕緊用柳條打白頭翁，可是白頭翁依然繼續膨脹，這下竟把老人緊緊地逼到牆邊，白頭翁已經變得跟獅子一樣大，而整個房間都覆蓋在白頭翁堅固的翅膀拍撲之下了。

〈快，趁現在逃出去呀！〉後面傳來美少女的聲音。我吃驚地回頭看，後面卻只有羊男，羊男也好像發楞地往後看。

〈快，快點逃啊！〉又再聽見美女的聲音。我拉起羊男的手，向正面的門跑，然後打開門，跌跌撞撞地跑出外面。

早晨的圖書館裡沒一個人影。我和羊男跑過走廊，撬開閱覽室的窗子逃出圖書館。然後繼續拚命跑，直到喘不過氣來，終於跑累了，趴倒在一個公園的草地上。

當我醒過來時，卻發現只剩下我一個人。羊男已經無影無蹤。我站起來，大聲喊著羊男，卻沒有回答，天已經大亮，清晨的第一線陽光正投射在草木的枝葉間。都不知道羊男到什麼地方去了。

回到家，母親已經做好早餐在等我。

「早啊。」母親說。

「早安。」我說。

於是我們吃起早餐。白頭翁也正安詳地啄著飼料。簡直像什麼也沒發生似的。關於遺失的鞋子，母親也沒說什麼。母親的側面看起來比平常稍微憂愁的樣子，不過也許只是我的錯覺吧。

從此以後，我再也沒去過圖書館。也曾經想過再到那裡一次，去確定一下那地下室的入口，可是我已經不想再接近那裡了。每次一到黃昏只要看見圖書館的建築物，就會裹足不前。

偶爾會想到留在地下室的那雙新皮鞋，還有想起羊男，想起美麗的少女。不過不管想多少，我還是搞不清楚，到底哪些是眞的發生過的事，就在迷迷糊糊之間，我已日漸遠離那地下室。

到現在，我那雙皮鞋一定還放在地下室的角落裡，羊男一定還在這地表的某個地方流浪著，一想到這裡就覺得非常悲哀。我所做的事，眞的對嗎？我連這點都沒信心。

上星期二，我母親死了，舉行過一個安靜的小葬禮，我就變成孤伶伶的一個人了。我現在，在凌晨兩點鐘的黑暗中，想著圖書館地下室的事。黑暗的深處非常深，簡直像新月夜晚的黑暗一樣。

【村上春樹著作年表】

一九七九年　長篇小說《聽風的歌》（群像新人文學賞）

一九八〇年　長篇小說《一九七三年的彈珠玩具》

一九八一年　翻譯 *MY LOST CITY* 原著／費滋傑羅（F. Scott Fitzgerald）
　　　　　　對談集 *WALK DON'T RUN* 與村上龍合著
　　　　　　隨筆《夢中見》 與絲井重里合著

一九八二年　長篇小說《尋羊冒險記》（野間文藝新人賞）

一九八三年　短篇集《開往中國的慢船》
　　　　　　翻譯《我打電話的地方》 原著／瑞蒙·卡佛（Raymond Carver）
　　　　　　短篇集《看袋鼠的好日子》（中譯名《遇見100%的女孩》）
　　　　　　隨筆及翻譯《象工廠的快樂結局》 插畫／安西水丸

一九八四年　隨筆及翻譯《波之繪·波之話》 攝影／稻越功一

一九八五年

短篇集《螢・燒穀倉・其他短篇》

隨筆《村上朝日堂》 插畫/安西水丸

長篇小說《世界末日與冷酷異境》（谷崎潤一郎賞）

翻譯《暗夜鮭魚》 原著/瑞蒙・卡佛

翻譯《西風號遇難》 原著/C.V.歐滋柏格

短篇集《迴轉木馬的終端》

畫冊《羊男的聖誕節》 畫/佐佐木馬其

隨筆《電影冒險記》 與川本三郎合著

一九八六年

短篇集《麵包店再襲擊》

翻譯《放熊》 原著/John Irving

隨筆《村上朝日堂的逆襲》 插畫/安西水丸

隨筆《蘭格爾漢斯島的午後》 插畫/安西水丸

一九八七年

隨筆《THE SCRAP 懷念的一九八〇年代》

隨筆《日出國的工廠》 插畫/安西水丸

翻譯 *WORLD'S END* 原著/Paul Theroux

長篇小說《挪威的森林》

翻譯《急行「北極號」》　原著／歐滋柏格

翻譯 *THE GREAT DETHRIFFE*　原著／C. D. B. Bryan

一九八八年　評論《費滋傑羅的書》

翻譯《爺爺的回憶》　原著／卡波提(Truman Capote)　畫／山本容子

長篇小說《舞舞舞》

一九八九年　翻譯《有用的小事》　原著／瑞蒙・卡佛

翻譯《核子時代》　原著／Tim O'Brien

隨筆《村上朝日堂　嘿嚇！》

翻譯《沒有名字的人》　原著／C. V.歐滋柏格

翻譯《某個聖誕節》　原著／卡波提

一九九〇年　短篇集《電視人》

遊記《遙遠的太鼓》

遊記《雨天炎天》

翻譯《談談眞正的戰爭》　原著／Tim O'Brien

翻譯《聖誕節的回憶》原著／卡波提

《村上春樹全作品一九七九～一九八九》卷1.2.3.4.

翻譯《大教堂／瑞蒙・卡佛全集3》

翻譯《戀人絮語／瑞蒙・卡佛全集2》

一九九一年　《村上春樹全作品一九七九～一九八九》卷5.

翻譯《安靜一點好不好？／瑞蒙・卡佛全集1》

一九九二年　長篇小說《國境之南、太陽之西》

一九九四年　隨筆《終於悲哀的外國語》

長篇小說《發條鳥年代記》

遇見100%的女孩

原　著—村上春樹
譯　者—賴明珠
主　編—吳繼文
編　輯—高桂萍
校　對—陳錦生・劉淑君・賴明珠
總編輯—余宜芳
發行人—趙政岷
出版者—時報文化出版企業股份有限公司
10803台北市和平西路三段二四○號三樓
發行專線—(○二)二三○六—六八四二
讀者服務專線—○八○○—二三一—七○五・(○二)二三○四—七一○三
讀者服務傳真—(○二)二三○四—六八五八
郵撥—一九三四四七二四時報文化出版公司
信箱—台北郵政七九~九九信箱
時報悅讀網—http://www.readingtimes.com.tw
電子郵件信箱—liter@readingtimes.com.tw
印　刷—盈昌印刷有限公司
原始出版—一九八六年七月一日(時報人間叢書)
初版一刷—一九九二年二月二十五日(時報紅小說)
二版一刷—一九九五年二月十五日(時報藍小說)
二版六十一刷—二○一八年六月十一日
定　價—新台幣一五○元

時報文化出版公司成立於一九七五年，並於一九九九年股票上櫃公開發行，於二○○八年脫離中時集團非屬旺中，以「尊重智慧與創意的文化事業」為信念。

ISBN 978-957-13-1577-5
957-13-1577-X
Printed in Taiwan

國立中央圖書館出版品預行編目資料

遇見100%的女孩 / 村上春樹著 ; 賴明珠譯. --
二版. -- 臺北市 : 時報文化, 1995[民84]
面 ; 公分. -- (藍小說 ; 905) (村上春樹作品集)
ISBN 978-957-13-1577-5
957-13-1577-X (平裝)

861.57 84000828

編號：A I 905	書名：遇見100%的女孩
姓名：	性別：＿＿＿＿ 1.男　2.女
出生日期：　年　月　日	身份證字號：

＿＿＿＿ **學歷：** 1.小學　2.國 中　3.高中　4.大專　5.研究所（含以上）

＿＿＿＿ **職業：** 1.學生　2.公務（含軍警）　3.家管　4.服務　5.金融
6.製造　7.資訊　8.大眾傳播　9.自由業　10.農漁牧
11.退休　12.其他

地址： ＿＿＿＿ 縣（市） ＿＿＿＿ 鄉鎮區 ＿＿＿＿ 村 ＿＿＿＿ 里

＿＿＿＿ 鄰 ＿＿＿＿ 路（街） ＿＿＿ 段 ＿＿＿ 巷 ＿＿＿ 弄 ＿＿＿ 號 ＿＿＿ 樓

郵遞區號 ＿＿＿＿＿＿

（下列資料請以數字填在每題前之空格處）

＿＿＿＿ **您從哪裡得知本書／**
1.書店　2.報紙廣告　3.報紙專欄　4.雜誌廣告　5.親友介紹
6.DM廣告傳單　7.其他＿＿＿＿

＿＿＿＿ **您希望我們爲您出版哪一類的作品／**
1.長篇小說　2.中、短篇小說　3.詩　4.戲劇　5.其他 ＿＿＿＿

您對本書的意見／
＿＿＿＿ 內　容／1.滿意　2.尚可　3.應改進
＿＿＿＿ 編　輯／1.滿意　2.尚可　3.應改進
＿＿＿＿ 封面設計／1.滿意　2.尚可　3.應改進
＿＿＿＿ 校　對／1.滿意　2.尚可　3.應改進
＿＿＿＿ 翻　譯／1.滿意　2.尚可　3.應改進
＿＿＿＿ 定　價／1.偏低　2.適中　3.偏高

您的建議／

請沿虛線摺下裝訂，謝謝！

廣　告　回　信
台北郵局登記證
台北廣字第2218號

時報出版
CHINA TIMES PUBLISHING COMPANY
尊重智慧與創意的文化事業

地址：10803台北市和平西路三段240號3樓
讀者服務專線：0800-231-705・(02)2304-7103
讀者服務傳眞：(02)2304-6858
郵撥：19344724 時報文化出版公司

請寄回這張服務卡（免貼郵票），您可以——
●隨時收到最新消息。
●參加專為您設計的各項回饋優惠活動。

寄回本卡，掌握藍小說系列的最新訊息

揮發感性事物：捕捉流行語調—進藍的、海藍的、灰藍的……

藍小說

無限延伸藍色想像空間——無國界的小說新地帶。